Brèves du 20e siècle…

Gilles Révillon

Brèves du 20e siècle…

Nouvelles

LE LYS BLEU
ÉDITIONS

ISBN : 979-10-377-6361-7

Du même auteur

- *It's your skin (Cette peau qui est la vôtre),* 2019, éditions Altramenta ;
- *Fils de Gaïa, enfant des étoiles,* 2020, éditions Sydney Laurent ;
- *Spiralités*, 2020, éditions Sydney Laurent ;
- *Et nous deviendrons…* 2021, éditions Sydney Laurent ;
- *La treizième Lune*, 2021, éditions Sydney Laurent ;
- *Reine d'essaim*, 2021, éditions Le Lys Bleu.

À ma famille, à mes amis
et à tous ceux qui ont vécu ce siècle

Préface

L’envie de décrire le 20e siècle à travers des histoires, des anecdotes, m’est venue en pensant aux six générations de ma famille qui l’avaient vécu et aux cinq que j’ai connues.

Tant de choses sont à raconter et de nombreux historiens l’ont déjà fait avec beaucoup de talent.

J’ai donc pris le parti d’écrire de courtes nouvelles qui mettent en scène soit des événements, soit des objets, soit des concepts, soit des lieux, soit un animal ou encore des personnages issus de ma propre famille ou d’autres, mêlant réalité et fiction.

Ces histoires vont vous guider à travers le dédale d’un siècle extraordinaire qui a produit le meilleur et le pire. Des inventions fantastiques, des régimes autoritaires, des guerres terribles, des évolutions sociologiques, technologiques et artistiques incroyables, mais aussi de grandes émotions, des moments de bonheur et d’humour qui se retrouveront dans ces Brèves…

Quand le cheval, la plus noble conquête de l'homme, était encore le moyen de locomotion le plus usuel.

Jason

Il vient me voir dans l'écurie, je sens qu'il s'approche, il me flatte, me parle à l'oreille. J'aime bien son odeur et sa voix, grave et douce à la fois. Je lui montre mon intérêt, il me caresse les naseaux, le cou, tape mon flanc gentiment, glisse sa main sur ma cuisse pour s'assurer de sa fermeté. Il me promet un voyage dans la campagne avec deux autres chevaux qu'il a choisi.

Il me dit que je serai beau et que je devrai être à la hauteur.

Le lendemain, ils me casent dans cette bétaillère, je suis serré contre mes compagnons, transbahuté pendant des heures dans ce fourgon caniculaire.

Nous arrivons enfin ; ils nous font descendre, puis à la longe marcher, trotter pour nous détendre.

Nous buvons et un picotin d'avoine calme notre appétit, nous rend notre énergie.

Ils procèdent au grand habillage, rênes cloutées, tapis brodés, selles rutilantes, étriers cuivrés comme pour la parade. Ils nous brossent, ils peignent ma toison d'or de la crinière à la queue, nous allons faire grande impression.

Eux sont habillés comme des hommes de fer : cuirasses, casques brillants aux panaches chevalins, bottes impeccablement cirées, sabres, tuniques noires, épaulettes, manchettes et col à boutons dorés, rouges comme le pantalon à liserés.

ELLE :

Elle est là sur la terrasse après le déjeuner du dimanche. Elle sait qu'il ne va pas tarder et dit à son père qu'elle va recevoir un visiteur pour prendre le café.

Il lui demande si c'est ce bel officier de cavalerie avec qui elle avait dansé lors du bal de promotion de Saumur. Elle acquiesce d'un air mystérieux.

« C'est vrai qu'à 25 ans je ne suis toujours pas mariée. Maman est partie rejoindre les anges il y a six ans. J'ai pris soin de mon père, miné par le chagrin, jusqu'à ce qu'il rencontre ma belle-mère. J'ai le sentiment que maintenant ils n'ont qu'une hâte : se débarrasser de moi, tout du moins, elle.

Alors, pendant ce bal, je me suis laissée aller à danser, j'ai papillonné des yeux que je sais beaux comme le ciel. Eugène m'a invitée trois fois et la valse m'a tourné la tête.

Il m'a demandé mon adresse pour m'écrire, si je voulais bien. Je n'ai pas refusé : une bouffée d'air frais dans cette ambiance étouffante.

Nous avons correspondu, il m'a déclaré sa flamme, il veut m'épouser, je vais m'appeler Galland.

Lui ou un autre, je dois fuir cette maison, sinon après je serai trop vieille pour les bons partis, m'a dit papa.

Attendons et voyons ».

JASON :

Nous partons au pas sur la route sablonneuse, puis trottons. Ils ont bien du mal à nous retenir, nous avons envie de grand train. Lentement, ils lâchent nos guides, nous accélérons. Le bruit de nos sabots résonne au rythme du galop, les cuirasses et les casques brillent dans le soleil. Le vacarme de la cavalcade s'amplifie. La sueur coule sur nos pelages, nos queues à l'horizontale flottant dans le vent prolongent la longueur de nos corps massifs et musculeux. L'impression est énorme, fantastique, ces trois cuirassiers étincelants, au triple galop, qui soulèvent des nuages de sable, le cliquetis des armes, nos souffles et nos hennissements, rendent muette la forêt.

Nous passons la grille ouverte du château et enfilons à grande allure l'allée centrale dans un triangle parfait, nos douze pieds ferrés de bêtes luisantes projettent en l'air des tombereaux de poussières.

Depuis la terrasse, la vue est terrifiante, trois cavaliers déboulent dans l'allée bordée de buis taillés, dans un grondement d'enfer, sous les regards interloqués du châtelain, de son épouse et d'Adeline.

Le trio s'arrête devant le perron, nous nous ébrouons, le nuage retombe. Lentement, je grimpe les marches jusqu'à la terrasse, mon lieutenant de cavalerie sur le dos. Il glisse de sa selle, s'incline devant eux, relève le sabre à son côté, met un genou à terre, prend son casque sous son bras et d'une voix forte demande la main d'Adeline.

ELLE :

J'ai peur de cet animal, très grand, brutal, qui lui sert de monture et avec lequel il est venu sur la terrasse.

Je suis pétrifiée, cette charge de cavalerie était saugrenue, inutile, si violente.

J'aime la douceur, trop de force me terrifie, je me délecte à jouer au piano du Chopin ou du Strauss. Je m'évade dans un monde doux, simple, où la vie s'écoule sans heurts, où mes nuits sont peuplées de rêves soyeux.

Allons, bouge-toi, ma fille, il t'a demandé en mariage officiellement, tends-lui ta main.

Il me la prend, la baise, propose une date de fiançailles à mon père.

Il part à l'assaut, me submerge, je ne réfléchis plus, je me rends, ne dis plus rien.

À la rentrée d'octobre, un an de visites feutrées avec un chaperon, puis le mariage. Je compte, ça nous mène à octobre 1913, je ne coifferai pas Sainte-Catherine. Je chantonne en moi-même : « En 1913 à l'Alcazar de Rodez… ».

Moi, le cheval, je suis là sur la terrasse, lui est à genoux, un peu ridicule dans sa tenue de hussard cuirassier. On aurait pu venir simplement tous les deux, en civil, en gentlemen. Il a voulu faire son guerrier. « Le panache de Saumur », avait dit le colonel à Galland.

Elle me regarde avec effroi, je sens sa peur. Il me présente :

« Jason », mon cheval...

Je hennis d'importance. Je vois bien qu'elle n'aime pas les chevaux. Ça durera toute sa vie, surtout quand elle devra accrocher les trophées aux mors des vainqueurs de concours hippiques.

Il m'a attaché sous un arbre à l'ombre, je l'ai attendu pendant leur longue conversation d'hommes.

Il avait donné l'ordre aux autres cavaliers de rentrer à Saumur, Je restai là jusqu'au soir. Il dormit dans une auberge à proximité et nous partîmes à l'aube. Qu'il fut bon le chemin du retour, au petit trot, au pas, au galop. Suivant mes envies, j'accélérai, je ralentissais. Il me laissait faire, ivre de son nouveau bonheur. J'étais sur un petit nuage.

Dans la deuxième partie du 19e et au début du 20e siècle l'immigration vers les États-Unis a permis de peupler et de défricher les vastes territoires de l'ouest. Pour attirer de bons candidats rien de mieux que :

American Dreams

Lucien, sur la proue du cargo qui termine sa traversée de l'Atlantique, contemple l'arrivée dans l'embouchure de l'Hudson. À sa gauche, sur Liberty Island, trône l'immense statue de la Liberté, créée par Bartholdi et offerte par la France aux États-Unis pour symboliser la liberté éclairant le monde. C'est ce qu'aperçoit en premier un immigrant en arrivant dans les eaux territoriales américaines.

Un frisson le parcourt, il est au début de son chemin personnel. Jusqu'ici, il a toujours été dépendant des autres, maintenant il est seul face à son destin, sa conquête est devant lui, il s'est armé pour.

Un peu plus loin Ellis Island, il sait qu'il va devoir passer une quarantaine dans cet endroit-là.

Il doit redoubler d'efforts pour l'apprentissage de la langue et ce moment va lui servir, il a emporté des livres pour ce faire.

Sa route était toute tracée : né dans une famille de vignerons sur les terres de Graves à côté de Bordeaux, il était le deuxième garçon des quatre enfants. Il avait été élevé dans l'ambiance de la vigne, des vendanges et du vin.

Toute la famille participait au processus de fabrication d'un cru essentiellement constitué de Malbec. Son père, après bien des vicissitudes liées aux prix du marché, à la surproduction, aux attaques de phylloxéra, avait fini par mettre au point un assemblage qui plaisait. La récolte était complètement vendue et s'agissait maintenant de faire des réserves. Les 15 hectares de ceps étaient travaillés toute l'année par tous et récoltés avec l'aide de journaliers en septembre. Tous les ans, ils faisaient une grande fête pour célébrer Bacchus et la fin de la récolte.

Ses deux sœurs en âge de se marier s'étaient fiancées à des fils de vignerons, elles quitteront le domaine l'année prochaine. Le père avait préparé une dot pour chacune.

Lucien ne pensait pas à cela, il savait que son frère aîné hériterait de la gestion des terres et lui aurait le choix entre devenir son employé ou partir.

Bon élève à l'école, il avait eu son certificat puis son brevet, il avait arrêté d'y aller et s'était occupée de la vigne. Il avait beaucoup lu de livres sur le vin, les cépages, les méthodes de culture, la terre, son esprit vif enregistrait tout.

Il allait régulièrement sur le port de Bordeaux discuter avec les négociants, il y rencontrait ces gens du Nouveau Monde qui venaient faire leurs achats dans les docks. Il apprenait avec eux des rudiments d'anglais. Les Espagnols arrivaient aussi en nombre voir comment les Bordelais cultivaient la vigne, comment ils vinifiaient, il leur parlait.

Son père décède, le cœur usé par ce travail dur et incessant. L'ouverture de la succession n'offre pas de surprise, les filles sont dotées, l'aîné reçoit les terres en gestion jusqu'au décès de la mère qui conserve l'usufruit. Lui obtient une partie de nue-propriété sur les domaines. Sa part réservataire est rachetable immédiatement par l'aîné, sinon il doit en attendre la fin.

Il a 25 ans, il prend sa vie en main.

Il se renseigne, va à la bibliothèque, noue des contacts sur le port et se décide. Il va voir son frère, lui annonce qu'il envisage de partir et qu'il peut lui racheter ses parts du vignoble. Ils vont voir le notaire qui fait une évaluation, puis le banquier qui consent un prêt à l'aîné.

C'est décidé, il ira en Amérique qui en 1900, malgré la fin de la ruée vers l'or, attire bien des candidats.

Il traîne sur le port à l'affût d'un transport vers New York, il se renseigne : un bateau va charger une grande quantité de barriques de vin de Bordeaux dans deux semaines. Il demande à rencontrer le capitaine. Celui-ci accepte de le transporter moyennant finance, mais lui confirme qu'il sera obligé de le remettre aux autorités en débarquant. Il peut être refoulé ou mis en quarantaine, il est prévenu.

Il fait ses adieux à sa famille, va se recueillir sur la tombe de son père et lui fait une promesse. Il achète les 25 dollars nécessaires à son immigration et se munit de lettres de change pour des banques américaines.

Il le sait, son viatique lui permettra de survivre un certain temps, il devra vite trouver un travail et un endroit pour vivre. Il a un plan, il espère que ce n'est pas que son imagination. Il s'est renseigné, là-bas tout est possible, la volonté et travailler dur sont nécessaires. C'est la libre entreprise, le « rêve américain ».

Le bateau émet ses coups de sirène en entrant dans le port, le sémaphore lui indique qu'on lui envoie un pilote vers les quais de débarquement. C'est l'accostage au milieu des grues et d'un fourmillement de dockers. Les amarres sont tendues, la passerelle amenée, il débarque avec un grand sac qui contient ses quelques affaires.

Il y est, son émotion est grande, pour la première fois il foule le sol de l'Amérique. Au bord des larmes, tout commence enfin ici, c'est le plongeon dans l'inconnu.

Il remercie le capitaine qui l'accompagne jusqu'au bureau de l'immigration.

Là, commence la vraie première difficulté : les papiers, la langue, le dépôt de garantie. Il reste en cellule 24 h le temps de vérifier et de décider si on l'envoie à Ellis Island ou s'il est refoulé.

Il est dirigé vers le camp de quarantaine en attendant son statut. Les 25 dollars, son éducation, sa connaissance de la vigne ont pesé dans la décision.

Le lendemain, il est transféré sur l'île. C'est la surprise : ils sont des milliers entassés dans des baraquements insalubres, des palissades couronnées de fils de fer barbelé sont installées partout. Des soldats en arme sur des miradors surveillent que personne ne s'échappe.

Les origines des postulants sont diverses, allemandes en grand nombre, polonaises, d'Europe centrale, italiennes. Très peu de Français, mais il en retrouve quelques-uns qui l'accueillent de façon mitigée dans leur quartier.

Ils viennent de pays minier du Nord, des Landes, du Béarn et de Charente. Sont là, principalement, des cadets de famille qui, comme lui, n'ont plus d'exploitation.

Les autorités sont pragmatiques, elles choisissent la main d'œuvre nécessaire au développement : l'agriculture, les mines, l'élevage, la forêt.

On leur donne des cours d'anglais et avec ses livres il progresse vite. La vie dans cet endroit est vraiment pénible, trop chaude, trop froide, la nourriture est infâme, l'eau potable rationnée. Ils sont peut-être 10 000, la promiscuité provoque des bagarres. Les trafics en tout genre sont nombreux, il apprendra plus tard qu'un million de migrants avaient été admis cette année-là aux USA.

Les navettes sont incessantes entre Manhattan et l'île, des dizaines d'aller-retour par jour. Il reçoit son numéro d'ordre et on lui donne un permis de séjour de trois mois, renouvelable. Il est relâché sur les quais un mois et demi plus tard indemne, seul, sans ami.

Vite, il va récupérer un peu d'argent à la banque, dormir dans un petit hôtel, et prendre son billet de train. Pas de disponibilité pour traverser avant trois jours. Il erre dans New York au milieu de cette foule de 3,5 millions d'habitants. Cette fourmilière l'impressionne. Le quartier Italien, les docks, la ville chinoise, les buildings de la cinquième avenue, Central Park, il visite tout en tramway et à pied. Il y reviendra un jour, il l'espère, c'est totalement nouveau et il apprécie d'être plongé dans cette aventure.

La nouveauté le sumerge quand il prend le train (Central Station n'existe pas encore) pour une longue traversée de huit jours : de New York à Sacramento.

Il découvre le travail fantastique accompli par des milliers d'ouvriers pour la plupart chinois pour construire ce formidable trait d'union

« Coast to Coast ».

Il traverse des plaines immenses, arrive à Chicago où il s'arrête un moment. Abraham Lincoln avait signé ici les « Pacific Railroad Acts ». Une compétition historique s'était déroulée entre deux compagnies. L'une venant de l'ouest, l'autre de l'est pour construire la jonction entre la Californie et le Nebraska. Elles s'étaient rejointes au « Promontory summit » dans l'Utah en 1869.

Les ouvriers avaient été confrontés à des hivers rigoureux, à l'attaque des Amérindiens, aux maladies, au passage des rocheuses, au désert du Nevada.

Ce voyage est une remontée dans l'histoire et une leçon de géographie grandeur nature. Il se renseigne, écoute les récits des voyageurs, cherche dans les livres, il retient tous les noms, toutes les anecdotes, les dates. Installé dans son cheval de fer, il pourrait être le guide de cette traversée, l'épopée de la conquête de l'ouest défile devant ses yeux.

Quand il arrive à Sacramento, il est encore ivre de son voyage terrestre.

Son deuxième trajet effectué, il se retrouve à 12 000 kilomètres du lieu qui l'a vu naître.

Il prend un peu de repos et repart vers l'Ouest et les vallées qu'on lui a indiquées.

La diligence l'emmène jusqu'à Napa, ce petit village au milieu des arpents de vignes. La vue est magnifique de ces collines face au lac de Barryessa.

Son premier objectif est atteint, il doit se poser et trouver un emploi.

Comme c'est l'automne, il n'a pas trop de mal à se faire embaucher pour la récolte.

Son petit accent français est prisé par les propriétaires locaux. La Vinery n'est pas grande, mais il s'y plaît. Le logement, le couvert et un maigre salaire lui conviennent, il doit s'adapter. On passe de la récolte au pressoir et à la vinification. Les autres journaliers sont partis, le propriétaire l'aime bien, il s'y connaît, dit-il. Il reste et se fait embaucher pour s'occuper de la vigne à l'année.

Il commence à prospecter en empruntant la carriole. Il étudie les expositions, les ceps, la terre et arrive vite à la conclusion que les Graves seraient parfaits ici.

Tous les cépages sont issus de vignes sauvages qui ont été domestiquées. Le Malbec n'est pas utilisé, ils ne font pas de greffe, il y a déjà eu des maladies qui ont tout ravagé. Il doit réfléchir et repartir de Vinis Vinifera pour obtenir des Cabernets, des Merlots, des Sauvignons, des Pinots.

Il potasse ses livres, parle avec les vignerons, essaye des greffes, son logement est rempli de pots avec différentes espèces.

Un lopin de terre est nécessaire pour la mise en œuvre, dans le même temps il écrit à son frère pour donner de ses nouvelles et lui demander d'expédier 100 pieds de Malbec.

Le propriétaire lui concède un quart d'acre de terre dans un coin reculé du domaine. Il lui explique qu'il fait des essais pour l'amélioration des vignes.

Il se passe plusieurs années avant qu'il ne mette au point ses différents croisements. Il a reçu les Malbecs arrivés après un an de voyage. Ces ceps ne se plaisent pas trop dans ce sol, il les a croisés avec d'autres. Par contre, le croisement de Cabernet et de Sauvignon lui a donné une belle vigne, le Merlot s'est plu aussi, les Pinots un peu moins.

Il ne lui reste plus grand-chose de son capital de départ, mais il est décidé à se lancer. Il va régulièrement au comté renouveler sa carte de séjour, il est là depuis cinq ans et a un travail régulier, encore un peu de patience et il pourra demander la nationalité américaine.

Maintenant qu'ils le connaissent bien, ils l'écoutent. Il demande l'attribution de terre pour une concession. C'est dans la loi, ils peuvent lui louer dès lors qu'il est naturalisé.

Il amène ses plans et indique les endroits qu'il connaît et qui lui semblent favorables, une cinquantaine d'acres dont au moins la moitié de cultivables seraient appropriés.

Ayant eu vent de sa démarche, le propriétaire pour lequel il travaille est très chagriné. Comme c'est un brave homme, il finit par accepter l'idée contre une part du domaine de Lucien. Il promet même de l'aider quand il lui explique les essais qu'il compte faire. Ils se mettent d'accord pour la vinification, le stockage et les tonneaux.

Pour son obtention de nationalité, le comté fait une petite fête, ça n'arrive pas tous les jours et puis ce Français est sympathique, intelligent et serviable.

Elle a lieu le 4 juillet, le même jour que la fête nationale, marquant l'indépendance vis-à-vis de la couronne britannique.

Le Maire prononce un discours et lui annonce en même temps l'octroi de sa concession.

C'est un jour extraordinaire pour lui et l'accession à la deuxième étape de son rêve.

Dès lors, après la récolte promise à son exploitant, il fournit un travail acharné pour retourner, enlever les pierres de la parcelle qu'il a obtenue, recherchant les meilleures expositions en fonction des cépages. Il fera du Cabernet-sauvignon, du Merlot, un peu de Malbec sur les endroits plus plats, une petite quantité de Pinots. Il veut essayer des assemblages inédits. Ici, les vignerons ne font pas de mélanges.

Sa première récolte n'est pas un grand succès, il s'en sort tout juste, les vignes sont trop jeunes, il doit mieux irriguer. Il se remet au travail, l'année suivante est déjà meilleure et il affine les proportions des assemblages.

Lucien mettra dix ans à mettre au point un vin honorable qu'il baptisera Bordeaux de « Santa Helena Vinery ». Mais c'est déjà la guerre en Europe, il a près de quarante ans et son livret militaire indique qu'il a fait son service. Le torpillage du Lusitania et un fameux télégramme du Kaiser proposant une alliance au Mexique, décidera l'Amérique à entrer en guerre. Son frère aîné a dû aller sur le front, il s'en sortira avec de légères blessures. Lui est versé dans la réserve américaine. Pas question de retourner en France maintenant.

La capitulation allemande fait cesser le conflit. Son domaine, malgré la baisse des prix et de la consommation, tient le coup. Il produit un vin réputé, il a construit ses propres chais et ses caves de conservation à l'instar des Bordelais. Il fait vieillir le vin en fût de chêne de Californie. Plus d'arômes exubérants : de chocolat, de caramel, de fumé sont apportés par le chêne blanc, une sorte de Whisky-lactone au dire des experts.

Il a réalisé la troisième étape. La quatrième, sa maison, une femme, des enfants, est devant lui, ce n'était pas seulement un rêve…

On ne peut pas passer sous silence cette tuerie sauvage qui s'est déroulée pendant quatre ans...

Sabre de cavalerie

1914, l'archiduc a été assassiné à Sarajevo, la guerre va être déclarée, Galland a été mobilisé à Rambouillet au 12e de cavalerie. Il y arrive avec ses montures, dont Jason, puisque les officiers devaient fournir leurs propres chevaux : deux pour un lieutenant, six pour un général d'armée.

Ils sont cantonnés, on leur attribue leur tenue. Il m'a gardé avec lui depuis Saumur, moi le Sabre je suis à son côté, affûté, aiguisé, prêt au combat.

C'est le premier grand mouvement, tous vers le front de l'Est. On embarque dans des chemins de fer, la 6e brigade est positionnée à Void et à Sorcy près de Vaucouleurs, avec les Dragons de la 7e et de la 13e et les chasseurs du 1er et de la 10e, ils forment la 7e division de cavalerie. Nous sommes sur les bords de la Meuse. Notre rôle : appuyer une attaque, couvrir une retraite, faire des opérations de repérage.

Je fais partie de son attirail avec le casque, la cuirasse, la tenue de combat.

Ils se sont aperçus qu'avec le soleil, juchés sur leurs chevaux, les cuirassiers rutilants sont visibles de loin et offrent des cibles parfaites.

Ils sont donc utilisés en terrain accidenté, dans les bois, le plus souvent ils descendent de cheval pour observer l'ennemi.

Ils ont compris, ils portent sur les casques et les cuirasses une sorte de chemise antireflet. Je ne suis toujours pas sorti de mon étui depuis deux mois, sauf pour l'exercice, où sont les charges d'antan ?

Nous montons lentement vers le nord, on entend le canon. On doit appuyer l'infanterie, mais l'ennemi se retire et nous rentrons au cantonnement.

Moranville, quelques exploits d'éclaireurs et les premiers blessés, premiers vrais contacts avec une pluie d'obus qui les font se replier et bivouaquer à Spincourt.

Déplacement pour éviter l'artillerie, couverture de la retraite du 7e d'infanterie à Conflans. Fin août, ils sont à côté de Verdun.

Premiers engagements à cheval face à la cavalerie adverse, premiers coups de sabre, premiers Allemands transpercés.

La poussée ennemie est formidable, ils tentent de traverser la Meuse, les renforts arrivent en taxis de Paris, l'ennemi est fixé. Les cavaliers sont envoyés pour soutenir les mouvements des fantassins quand un engagement avec les troupes adverses se produit. À cheval pour s'approcher plus rapidement, ils aident leur avance ou leur retraite, au milieu de la mitraille beaucoup de chevaux sont tués. La bataille de la Marne est gagnée.

Le premier octobre, le régiment est relevé, dans la section : un blessé et deux chevaux morts. Il m'a sorti de ma gaine pour la première fois dans les bois de Saint-Mihiel où ils attendaient l'infanterie allemande. Elle a été prise à revers, ils avaient chargé sur les fuyards, sabre au clair !

Ils embarquent en train vers les Flandres. Autour d'Armentières, ce sont les dernières actions à cheval, la besogne était difficile : reconnaissances, patrouilles le long de la ligne de combat, couverture des fantassins, garde des ponts. Les ennemis, n'ayant pas pu atteindre Paris, foncent vers Dunkerque et Calais pour bloquer les Anglais venus en renfort. Le régiment se bat sur la Lys, sur le canal d'Ypres, sur L'Yser, partout où les troupes adverses tâchent de franchir l'eau et de s'établir sur l'autre rive. Chaque jour, les engagements sont nombreux, les pertes de plus en plus lourdes en homme et en chevaux.

Ils pénètrent en Belgique, des tranchées sont creusées, l'artillerie est positionnée, le pilonnage est incessant, les cavaliers sont envoyés en éclaireurs, à cheval, à pied, parfois à bicyclette. Les hommes se replient, se reposent et repartent au combat.

Le front est fixé à Ypres, après deux longs mois d'escarmouches incessantes et les premiers obus au gaz. Ils sont renvoyés au repos à 30 km en arrière. L'état-major les transforme petit à petit en cavaliers à pied, ils reçoivent de nouveaux équipements, fusils à baïonnettes qui remplacent les sabres.

Moi, il me garde à la ceinture avec de l'autre côté un revolver.

Quand ils repartent au front, on leur assigne des tranchées à sécuriser où les fantassins ont fixé les lignes. L'hiver est glacial, les mains et les pieds gèlent.

Les cavaliers sont maintenant envoyés pour soutenir et encadrer l'infanterie qui manque d'officiers ; ils sont exercés au maniement des mitrailleuses et au dressage des chevaux venus d'Amérique.

Pas moins de huit millions de chevaux furent engagés dans la Grande Guerre. En France, un million et demi d'entre eux furent réquisitionnés ou amenés volontairement. Un million d'entre eux périrent au combat.

Jason meurt lui aussi, au mois de mars 1915, lors d'une reconnaissance en avant des tranchées au sud d'Arras. Un tir ennemi lui est fatal, Galland n'a que quelques égratignures lors la chute. Il ordonne à ses hommes de retourner au campement. Il rentre à pied à travers les lignes ennemies, le sabre à la main, le revolver dans l'autre, prêt à en découdre.

Son deuxième cheval étant mobilisé pour tracter les affûts, il doit monter un Mustang, non sans mal.

Le 12e repart en Champagne pour la grande offensive de Joffre à Reims. La mission de la cavalerie est de se précipiter dans les brèches ouvertes par l'infanterie et de prendre l'ennemi à revers pour couper son approvisionnement et ses communications.

Le 29 septembre, la division se rassemble à Suippes, dans le bois 170. L'escadron à pied avance sous les tirs de canons de 105 et de 150 meurtriers, les sections envoyées en avant se sont arrêtées devant les mitrailleuses allemandes. Celles de Bricout et de Galland se heurtent aux réseaux de fils de fer barbelé devant la « tranchée des Tantes ». Les pertes sont élevées : 59 hommes et un officier en une seule attaque.

Il m'a laissé au campement, pour ne pas l'encombrer pendant cette action terrestre, il est tout près de mourir, une seule éraflure et un tympan crevé par le bruit d'un obus tombé dans la tranchée, qui le rend sourd pour un moment.

Ils repartent avec le régiment, la guerre à cheval était définitivement terminée pour eux, ils deviennent des cavaliers pédestres, ils vont faire les campagnes à pied, ils ne sont plus destinés à repousser l'ennemi à coup de sabre.

L'artillerie et les mitrailleuses, la guerre de tranchées, les torpilles aériennes ont définitivement scellé leur sort. Ils deviendront motorisés et munis de chenilles. Le régiment rejoindra plus tard la célèbre 2e DB (division blindée).

Le 12e cuirassier prend part à la guerre terrestre, subit les attaques au gaz, fait des actions de commando pour prendre les positions adverses au couteau et à la baïonnette. C'est ce qui arrive dans les tranchées de la Source en Champagne en 1916, puis en 1917 dans la Somme à Soissons, à nouveau en Champagne au Chemin des Dames et dans la fameuse tranchée Tarnnowo.

Fin novembre 1917, Eugène Galland avec sa section, attaque de nuit la position face à eux. Ils font prisonnier plusieurs soldats allemands, le dépôt de munitions saute, tous sont tués excepté lui.

On le retrouve hébété, le lendemain, loin des lignes. Il a été durement choqué, il est évacué à l'hôpital à l'arrière.

Il me remise définitivement parmi ses trophées, retrouve son épouse Adeline pour une permission de récupération. Durant celle-ci, sa fille sera conçue. Il retournera au combat pour la bataille d'Amiens, puis celle de l'Aisne en juin 1918, celle de Villers-Cotterêts et retour à Saint-Mihiel près de Verdun. Son enfant naît en août, il repart en permission à côté de Nantes, il sera démobilisé et n'assistera pas aux derniers jours de la guerre. Le 12e cuirassier poursuivra les Allemands jusqu'au soir du 10 novembre 1918, aux portes de Mézières.

L'armistice est signé le 11 novembre…

De l'hippomobile à l'automobile : un moyen de transport individuel qui bouleversa le siècle. La relation entre les hommes, le confort du voyage, sa vitesse et la notion de liberté s'en trouvèrent considérablement modifiés.

La jamais contente

Vous ne connaissez peut-être pas mon nom, mais je vais vous raconter l'histoire de mes successeurs et celle d'un moyen de transport qui bouleversa le 20e siècle.

J'ai battu le record du monde de vitesse à plus de 100 km/h à Achères dans les Yvelines en 1899. Mon concepteur avait choisi une propulsion par deux moteurs électriques sur l'essieu arrière, mes roues étaient de taille identique et ma carrosserie était en aluminium. J'avais la forme d'un obus. Mon poids était considérablement alourdi par mes 700 kg de batteries.

C'est presque incroyable de penser que 100 ans plus tard, l'électricité, l'aérodynamisme et le recours aux matériaux légers comme l'aluminium et le carbone sont les objectifs de développement des nouveaux modèles.

Entretemps, bien des marques et bien des versions ont été créées.

Dans les années 1900, les Peugeot, les Citroën, les Renault et les Panhard Levassor font leur apparition. Avec Ford aux USA, Benz en Allemagne, Vauxhall en Angleterre, Fiat en Italie ils sont les pionniers de la construction en série.

Le moteur explosion multicylindre à essence se substitue peu à peu au moteur mono cylindre à pétrole. Le bandage des roues en caoutchouc est remplacé par des pneus à chambre à air inventés par Michelin. Les suspensions à lame de ressorts sont dotées d'amortisseur Mors en 1901, de ressorts hélicoïdaux en 1906. Macpherson couple les deux en 1940, dès lors les quatre roues sont indépendantes et améliorent grandement le confort.

Louis Renault invente la boîte de vitesse qui permet d'utiliser la puissance à son maximum en toutes circonstances.

Très vite, des compétitions s'organisent, la première, le rallye Paris Rouen, a lieu en 1889, le siècle en verra fleurir bien d'autres. Les grands prix sont créés et les différents pays commencent à construire des pistes et des circuits. Bien sûr, les prototypes qui courent ne sont pas ceux de la voiture de monsieur tout le monde ; la course automobile est le laboratoire qui permet de faire évoluer les technologies sur des véhicules expérimentaux.

Des marques comme : Aston Martin, Jaguar, Mercedes, Bugatti, Alfa Roméo qui devint la Scudéria Ferrari par la suite, défrayent la chronique.

Auto union revisitée par Ferdinand Porsche en 1934, avec son énorme moteur de 4,4 l, 16 cylindres en V, situé au centre de la voiture a été parmi les modèles les plus performants.

Les inventions sur les automobiles de série sont aussi expérimentées. C'est ainsi que sont inventés par de Dion-Bouton, les soupapes en tête, les freins sur les quatre roues et le fameux pont.

Mais l'innovation qui a permis à la classe moyenne d'accéder à l'automobile a été indéniablement celle de la Ford T. C'est la mise en place du taylorisme dans la production, avec la construction à la chaîne, des gestes précis et répétitifs (Charlie Chaplin et les temps modernes au cinéma), qui abaissent considérablement les coûts de production.

L'automobile se démocratise. La création de la Volkswagen en Allemagne (voiture du peuple), de la juva4 puis de la 4 cv de Renault, de la 202 de Peugeot, de la 11 légère de Citroën en France, de la Simca 6, de la Dyna de Panhard, des Fiat 500 et 600 en Italie, des modèles de General Motors, de Ford, de Chevrolet contribuent à une accession à la propriété plus populaire.

Sur les circuits : aux 24 heures du Mans, à partir de 1923, ce sont d'abord les sacres des Chenard et Walker et des Lorraine Dietrich, complètement disparues. Puis à la suite règnent les Bentley, les Alfa Roméo, les Bugatti et les Delahaye. Après la guerre, ce sont les Ferrari, les Jaguar, les Mercedes, les Porsche, les Aston Martin, les Ford, les Matra, les Alpine, les Peugeot, les MacLaren qui prennent les premières places. L'apparition des grands constructeurs japonais Toyota, Mazda et la renaissance d'Auto union à travers Audi, changera la donne.

De quelques centaines de milliers d'exemplaires en 1900, la production annuelle automobile mondiale était de 5 millions en 1939, à la fin du siècle elle sera de 60 millions d'exemplaires.

C'est plus qu'une simple évolution sociale, mais une véritable révolution. Le niveau de vie augmente et les pays les plus peuplés de la planète accèdent peu à peu à l'utilisation automobile. Les 1,3 milliard de chinois, les 1,1 milliard d'Indiens, deviennent des cibles potentielles du marketing automobile. Dans les salons qui ont lieu à Paris, à Genève, à Détroit, à Tokyo, à Pékin ou à Shanghai, de nouvelles marques apparaissent. De nouvelles technologies, de nouveaux designs et aussi de nouvelles façons de penser l'auto individuelle sont présentées.

Du fait de l'augmentation de la pollution en raison du nombre de moteurs tournant, des limitations commencent à être mises en place dans les concentrations urbaines.

De gros efforts ont été faits par les constructeurs, pour limiter le poids, la consommation, les émissions de polluants. L'électronique joue un rôle de plus en plus important. Mais avec la quantité gigantesque de véhicules en circulation dans le monde (Plus d'un milliard) la lutte contre la pollution s'intensifie. On revient vers l'électrique, vers la légèreté, vers l'aérodynamisme, comme moi « La jamais contente ».

La capacité des batteries et leur poids deviennent alors le nouvel enjeu et la nouvelle marque « Tesla » apparaît.

Les Européens précurseurs de ce mode de déplacement diminuent l'investissement dans la voiture, les couples jeunes se dirigent vers la location, le partage, l'utilisation ponctuelle.

Les Américains recherchent plutôt des solutions de guidage automatique, de repérage, de fluidité. La voiture autonome, le partage de véhicule, le déplacement urbain en véhicule sans chauffeur, non polluant deviennent les voies du futur.

Les limitations de vitesse, la recherche de la sécurité, sont la conséquence de l'hécatombe sur les routes des années 60 à 80. Ce désastre a été provoqué par des voitures plus rapides dans des mains moins expérimentées. N'oublions pas les 18 000 morts et les 386 000 blessés de l'année 1972, liés aux déplacements en France.

Mais qu'est devenue la sensation grisante de l'accélération dans un véhicule surpuissant, dans une ambiance feutrée, sur de profonds coussins en cuirs ? Cette émotion serait-elle réservée à une élite ou à des jeux vidéo virtuels ?

Déjà, les circuits automobiles présentent les engins du futur à puissance électrique. L'électricité devra être produite de manière non polluante. L'électricité et l'hydrogène vert sont les pistes de demain.

Quel est mon destin : d'être exposée dans un musée à Compiègne, j'ai donné l'élan, ils reprennent ma configuration, je suis un modèle…

Mais pourquoi m'avoir donné ce surnom : « La jamais contente » qui indique un mauvais caractère alors que je suis silencieuse, que je fends la bise, que je suis très propre.

Je devrais en reparler à mon inventeur !

Un avènement a modifié considérablement l'art du spectacle et a apporté une évolution sociologique des loisirs : le Cinéma

16-35-70 mm

Le 20e fut mon siècle de gloire grâce à mon inventeur (H. Goodwin) qui eut la géniale idée de me déposer sur un support souple le « nitrate de cellulose ou celluloïd ».

J'allais changer la face du monde, entraîner des modifications sociales, des batailles commerciales, faire naître des talents, des genres, des mythes.

J'allais créer une industrie, un art et générer : des légendes, des festivals, des prix, des fortunes et des faillites. Mais surtout, j'allais apporter aux hommes un loisir nouveau, les faire sortir de chez eux, les ouvrir à la réalité du monde, l'aventure, la fiction, leur ouvrir l'imagination.

De simples couches de gélatine imbibées de sels d'argent m'avaient transformé en objet de joies, de désirs et de plaisirs.

L'exposition universelle de 1900 à Paris fut mon véritable révélateur.

Louis Lumière m'utilisait dans des salles de démonstrations et des cafés à travers Paris.

J'avais commencé à défiler à 18 images par seconde puis à 24, avec un effet moins saccadé. J'étais noir et blanc en format 35 mm pour les professionnels.

Cecil B. DeMille fut mon premier réalisateur à grand spectacle en 1914 avec le « Mari de l'Indienne ».

J'étais muet, donc je devais donc être accompagné par des musiciens ou par un phonographe. Des artistes étaient les vedettes de cette première révolution :

Drôles comme Charlie Chaplin ou Buster Keaton, émouvante comme Louise Brooks, séduisante comme Gloria Swanson, dévastateur comme Douglas Fairbanks.

Des salles obscures se créaient partout, les studios d'Hollywood naissaient, les « Majors Companies » prenaient le pas sur les autres productions dès la crise de 1929.

Ma deuxième révolution intervint lorsqu'un brillant technicien eut l'idée de ne plus synchroniser un disque (Vitaphone) au défilement du film, comme le faisaient les frères Warner dans leur cinéma de Manhattan (Don Juan en 1926).

La Fox en 1927 m'incorpora une bande-son, impressionnée avec la prise de vue (Movietone). RCA améliora le procédé du « son optique » avec le Photophone.

Certes, le matériel devenait plus compliqué, le silence était la règle lors des tournages avec l'élimination de tout bruit extérieur, y compris ceux des caméras :

« SILENCE ON TOURNE ».

On inventa alors la post synchronisation qui permit aussi le doublage en plusieurs langues.

L'intérêt était de pouvoir faire autant de copie de la pellicule maître, avec le son, l'inconvénient : le matériel de projection et la sonorisation des salles coûtaient beaucoup plus cher. La conséquence fut que le nombre de films produit chuta sévèrement.

Les décors des films devaient être plus importants, plus véridiques, ils devaient être éclairés. Donc après celle d'ingénieur du son, furent inventées les professions de scénariste et d'éclairagiste, celles d'accessoiriste, de décorateur et de maquilleur virent le jour par la suite.

Au début, on filmait en studio, à la suite en extérieur en plein champ, contrechamp, travelling.

Les films à moindre budget de série B furent promus.

Les vedettes du cinéma muet pour la plupart tombèrent dans l'oubli, elles devaient avoir d'autres talents. Les nouveaux acteurs ou actrices possédaient une belle intonation capable d'émouvoir les spectateurs, savaient chanter où danser et accrocher la lumière. C'était la revanche des comédiens de théâtre. Seuls Brooks et Fairbanks survivaient avec leur compagnie United Artists.

Joan Crawford, Greta Garbo, Marlène Dietrich étaient consacrées par leur jeu et par leur voix.

Gene Kelly et Ginger Rogers dansaient sous la pluie et j'adorais les séquences où Marlène chantait avec son accent incroyable. C'est avec le même bonheur que je couchais l'image de Marilyn sur mon support, plus tard.

J'avais assisté et enregistré bien des drames, des défaillances, des bouts d'essais, des scènes sexy et torrides qui pour la plupart étaient mises au rebut. Si je pouvais parler, je pourrais raconter des milliers d'histoires.

Le monde de mon art était fait de séduction, de rapport de force, de violence et d'argent. Je voyais tout, maintenant j'entendais tout, bientôt j'allais pouvoir découvrir la vérité des teintes.

La couleur arriva avec son procédé Technicolor, tout d'abord à double pellicule puis trichromique. La vraie révolution n'était pas la couleur, mais le procédé de multicouche et de filtre de couleur sur mon émulsion. Cela permettait d'enregistrer sur le même film plusieurs couleurs primaires. Deux émulsions de la même scène en rouge et en bleu sur un seul support, le vert sur un autre. On obtenait ainsi plusieurs émulsions qui étaient révélées par le procédé d'imbibition.

L'avantage c'est que l'on conservait parfaitement les couleurs originales et que l'on pouvait tirer autant de copies que l'on voulait dans le temps (c'est encore le cas).

Mon support évolua, l'ancien trop inflammable et dangereux, fut remplacé par l'acétate de cellulose et plus tard encore par le polyester.

En 1939, Agfacolor réalisa une émulsion multicouche incorporant les filtres de différentes couleurs et les pigments, procédé qui tomba dans le domaine public après la guerre en même temps que tous les brevets allemands. Eastman Kodak s'en empara avec le succès que l'on connaît.

Le Cinéma était devenu un art à part entière avec ses réalisateurs, ses scénaristes, ses producteurs, ses compagnies, ses studios, ses acteurs et actrices, ses différents types de techniciens, on devait les promouvoir et les récompenser.

C'est ainsi qu'ont été créés les Oscars. Les premiers furent décernés en 1929 devant 250 convives à l'hôtel Roosevelt.

« Sur Hollywood boulevard "the Walk of Fame" n'avait pas encore été institué et les empreintes des stars les plus célèbres n'avaient pas encore été immortalisées dans le ciment, ce fut réalisé en 1958. »

Le palmarès consacra « les Ailes » comme meilleur film,

Janet Gaynor, comme meilleure actrice dans ses rôles dans trois films

« L'Heure suprême », « L'ange de la rue » et « L'aurore ».

William Cameron pour la meilleure direction artistique.

La Fox comme meilleure production.

La Mostra de Venise proclamait le Lion d'or, tous les deux ans depuis 1932, depuis la terrasse de l'hôtel Excelxior qui donnait sur le Lido.

Katherine Hepburn et Claudette Colbert en étaient les révélations ainsi que le grand réalisateur Frank Capra. La première prestation totalement nue d'Hedy Lamarr me donna des frissons et provoqua les acclamations et les protestations des spectateurs.

Ma révolution suivante m'ouvrit les portes des grands écrans, des grandes salles, des blockbusters et des films avec de grandes distributions. Ces tournages présentaient d'incroyables stars dans d'improbables scénarios avec de gros budgets : l'image comprimée sur mon support et restituée en double avant projection produisait « le Cinémascope ».

« Autant en emporte le vent » en 1939 avec Viviane Leigh et Clark Gable marquait les esprits et faisait entrer le grand écran dans la vie sociale.

Qu'en était-il des autres pays ? Tout ne se passait pas à Hollywood.

La liste est longue de tous les talents de réalisateurs et d'acteurs qui émaillèrent le cinéma parlant et en couleur des années 20 à 40.

Beaucoup de chefs-d'œuvre étaient réalisés : en France Marcel Carné, avec « Quai des brumes », jean Renoir avec « La grande illusion », René Clair avec « À nous la liberté », Fritz Lang en Allemagne avec « M le Maudit » et « Metropolis ».

En Inde, le cinéma se développait à grande vitesse sous l'impulsion de son initiateur Dadasaheb Phalke avec en 1931 le premier film parlant à Bombay. Depuis il n'avait cessé de prospérer induisant le terme « Bollywood » à une industrie talentueuse. Mes supports étaient développés sur place sous licence, permettant la sortie de milliers de films par an.

Au Japon des réalisateurs comme Ozu pour des drames intimistes ou Yamamoto pour les films sabre furent les principaux moteurs jusqu'à la militarisation. La propagande, avec la guerre sino-japonaise et celle du Pacifique, provoqua une éclipse jusque dans les années 50. Les films américains d'après-guerre permirent la renaissance de ce cinéma inédit avec les réalisateurs comme Mizogushi et Kurosawa.

De nombreux acteurs firent émerger leur talent et l'émotion sur mes supports.

Je peux citer ceux qui m'ont le plus impressionné et dont je garde la mémoire intacte :

Michelle Morgan, Jean Gabin, Eric von Stroheim, Greta Garbo, Marlène Dietrich, Bette Davis, Rita Hayworth.

Walt Disney rafla tous les premiers prix avec son grand film d'animation « Blanche neige et les 7 nains ». Julien Duvivier père des Don Camillo ne fut pas en reste.

En 1946, Erlanger en revenant de la Mostra avait eu l'idée de relancer le Festival de Cannes, stoppé brutalement en 1939 à la déclaration de guerre.

Alors qu'un transatlantique chargé des stars d'Hollywood : Tyrone Power, Gary Cooper, Annabella, Norma Shearer arrivait pour cette première édition ; alors que des fêtes étaient prévues, inspirées par le film Quasimodo et les tours de Notre-Dame, le 1er septembre 1939 la guerre était déclarée.

En 2002, Jean d'Ormesson distribua enfin les palmes d'or de 1939 au « Magicien d'Oz », à « Pacific express » de Cecil B. DeMille, et à Michelle Morgan et Judy Garland comme meilleures actrices.

La guerre n'empêcha pas certaines productions comme « Les visiteurs du soir » où Cuny et Arletty sublimèrent la main du diable.

Guitry, Allégret, Carné, Clouzot, Simenon, Christian Jacques continuaient leur œuvre en louvoyant avec la tutelle. Des acteurs et actrices comme Raimu, Frenay, Fernandel et Romance se produisaient sur l'écran blanc.

Le Cinémascope était conçu pour les superproductions, à l'après-guerre elles fleurissaient. Cependant, rien ne valait le 70 mm en couleur.

Michel Todd en fit ma révolution suivante « Ben Hur, Oklahoma, 2001 Odyssée de l'espace » six pistes magnétiques étaient réservée sur mon support et permettaient l'introduction du son stéréo puis du Surrounding.

Arrivèrent aussi le Kinopanorama, le cinéma 3D, la multi projection…

Toutes ces techniques étaient mises sur le marché pour séduire les spectateurs, provoquer l'engouement et contrer la télévision naissante.

D'un côté, le cinéma allait vers le gigantisme de l'autre vers l'intimisme. La nouvelle vague française, avec des films comme « À bout de souffle, Les Cousins, Pierrot le fou ». Truffaut, Godard et Chabrol en étaient les initiateurs.

En Italie, les films d'Antonioni montraient la voie que Fellini, Pasolini, Bertolucci empruntaient.

Le tournage en noir et blanc, l'utilisation de caméra de 16 mm comme le faisait Lelouch dans « Un homme et une femme » permettait d'être au plus près des sentiments exprimés par les comédiens.

De nouveaux acteurs émergèrent à travers les différents genres : J. P. Belmondo, A. Delon, Romy Schneider, Jane Birkin, Brigitte Bardot, M. Piccoli, Jeanne Moreau, Catherine Deneuve. Les Italiennes Sophia Loren, Gina Lollobrigida et Monica Vitti.

Du côté américain, la mode western, avec C. Eastwood, C. Bronson, J. Wayne K. Douglas, G. Cooper, S. McQueen, ainsi que l'inoubliable James Dean, battait son plein.

Des westerns spaghettis furent tournés ainsi que les superproductions de Steven Spielberg. De grands films comme le Parrain, Lawrence d'Arabie ou bien encore les films d'Audrey Hepburn ou de Marilyn Monroe, « Diamant sur canapé » et « Certains l'aiment chaud » furent projetées sur grand écran.

A. Hitchcock me fit entrer dans le monde de l'intrigue, du suspense,

G. Lucas dans celui des étoiles avec Stars Wars.

La saga des James Bond commencée en 1962 est loin d'être terminée, établissant un genre.

La dernière révolution technique fut malheureusement le signal de ma disparition.

J'avais été utilisé sous tous mes formats, j'avais changé trois fois de support, j'avais capté les images des dizaines de milliers de films, j'avais conquis la planète. Même au fin fond de la brousse je servais de divertissement.

J'avais été à l'origine d'un art, d'une industrie, de la gloire de tant de stars. Le cinéma allait me trahir, me bannir. La technologie électronique avec ses caméras silencieuses et adaptables, ses CCD, ses écrans vidéo, ses disques durs sonnaient le glas de mon existence.

Je ne serai bientôt plus que pâles copies dans les caves des cinémathèques et joie furtive de quelques fans de l'ombre.

Avec plaisir, j'avais bouleversé mon siècle, j'avais été l'objet de tant d'évolutions, j'avais été la Star des stars.

Maintenant, je rejoignais le panthéon des inventions. C'en était fini de mes pigments colorés et de mes techniques incroyables de dépôt de couches successives. Fini mes filtres couleur, ma gélatine, mes sels d'argents déposés sur un support polyester dans d'immenses usines chambre noire. L'électronique m'avait supplanté, mais le cinéma survivra.

Pour moi, j'écris : « FIN ».

Après la Grande Guerre 14-18, un climat particulier régnait dans le pays, des émigrés de toutes nationalités, porteurs de messages et de mouvement artistiques, contribuaient au renouveau de la création. Les années folles sont le symbole de cette nouvelle liberté.

Le Carton à dessin de Louis

C'est un bel objet, tout en carton recouvert de papier reliure brun, rouge et noir. Son format raisin, pas trop grand, accompagné de feuilles de papier Canson, de crayons, de fusain, de pastels est adapté à sa future propriétaire.

Il est destiné à Louise qui en 1910 va avoir dix ans ; elle dessine partout depuis qu'elle est en mesure de tenir une craie et une ardoise.

Les partitions de musique du salon sont couvertes de ses œuvres enfantines dessinées au crayon noir, avec un bout de charbon ou le porte-plume et l'encre de sa mère. Dans le cabinet de son père, le bloc d'ordonnance, les notes sur les patients sont couvertes de petites illustrations qu'elle effectue quand elle se glisse dans la pièce, lorsqu'il est en visite.

Le papier peint des murs de sa chambre est un livre où, au crayon, des historiettes sont racontées en dessins. Au début, la maman de Louise les lui faisait effacer à la gomme ; maintenant, ses parents n'osent plus rien dire de peur de perturber cette passion qui l'habite. Les ouvrages de la bibliothèque sont ornés de petites figurines sur leur page de garde.

À l'école, les professeurs s'en plaignaient ; les copies qu'elle rendait lors d'une dictée ou d'une leçon d'histoire ou de géographie étaient accompagnées soit d'une carte, soit d'un personnage illustrant le sujet. Finalement, ils en ont pris l'habitude et ne commentent plus ses extravagances.

C'est pourquoi je suis honoré d'être offert à cette enfant pour cette fête importante d'anniversaire qui réunit toute la famille.

Immédiatement, je suis embelli, couvert de représentations et de calligraphies, mes crayons et les feuilles sont utilisés et il faut vite réapprovisionner.

Cette brunette grandit et me trimballe partout ; à la sortie du lycée, elle montre ses réalisations à ses amis, elles rient de son talent et de son sens de l'humour décapant. Elle saisit vivement les traits des personnages : ses professeurs, ses amies, les garçons sont caricaturés.

Cette période d'adolescence est difficile, la guerre fait rage, son père est mobilisé à l'hôpital près du front pour soigner les soldats blessés. Avec sa mère, elles confectionnent des bandes de pansements qu'elles expédient, ornées d'un petit dessin d'encouragement, aux centres de soin.

C'est décidé, dès dix-huit ans elle entrera à la grande Chaumière, l'atelier d'art de Montparnasse. Toute la famille est d'accord, il faut qu'elle cultive son talent.

La vie change pour elle, c'est la fin de la guerre, son père rentre à la maison. Elle est devenue une jeune fille sûre d'elle-même, belle et provocante.

Elle adore immédiatement l'ambiance de l'académie d'art fondée en 1904 par Martha Steller dédiée à la peinture et à la sculpture.

Des journées entières, elle croque des modèles nus, femmes et hommes. Elle croise Gauguin, Modigliani. Cézanne et Delacroix, anciens élèves, qui viennent encourager les jeunes recrues et donnent avis et conseils sur leur travail.

« Je conserve pieusement dans mes cartons ses plus belles réalisations ».

Elle passe à l'atelier trois années pleines de joies et de promesses, elle découvre Montparnasse, sa faune, ses artistes, ses cafés.

Elle prend ses quartiers au Dôme et à la Rotonde où elle fréquente Man Ray, André Breton, Picasso. Elle est dans la mouvance du début des années folles.

Elle se coiffe à la garçonne, ne s'enferme jamais dans un corset, porte des vêtements amples et souples, Coco Channel donne le ton.

Le jour, elle est à l'atelier pour préparer sa première exposition ; le soir, elle va danser le charleston, écouter du jazz, va voir danser et chanter Mistinguett au Casino de Paris et au Moulin rouge. Joséphine Baker, au théâtre des Champs Élysées fait un tabac, en dansant vêtue d'un simple régime de bananes.

Dans la folie de l'après-guerre, de la libération de la femme et de la révolution de la liberté, Henri Miller s'exprime : « La première chose que l'on remarque, à Paris, c'est que le sexe est dans l'air… les femmes sont partout comme des fleurs », écrira-t-il dans Sexus plus tard. Il y raconte sa folle vie des années 1923 à 1928 et sa descente dans la débauche afin de prêcher la liberté individuelle.

Louise habite maintenant à deux pas de l'atelier. Avec son amie Sylvaine, elle partage un appartement et les mêmes idées qu'elle sur la libération de la femme et la mode. Elle collectionne les amants, peintres et sculpteurs connus, mais ne s'attache à aucun préférant la vie joyeuse au drame de la jalousie.

C'est le temps des folles soirées ; les anciens gérants du Dôme achètent un entrepôt à charbon boulevard du Montparnasse, après deux ans de travaux la Coupole naît. L'inauguration avec 2500 invités en 1927 fera grand bruit. Pas moins de 1200 bouteilles de champagne étancheront la soif de Cendras, Cocteau, Miller, Hemingway…

Cet établissement n'était pas simplement un restaurant, mais une immense salle décorée de céramiques, de peintures murales et de poteaux ornés d'œuvres de grands artistes. Au milieu dans la pure tradition de l'Art déco trône une immense vasque dans laquelle se jetaient, après minuit, des nymphettes dénudées.

On disait aussi que certains payaient leurs arriérés avec des peintures où des tableaux, en cherchant bien on trouvera encore aujourd'hui des traces d'un Chagall ou d'un Soutine. Le portrait de Joséphine Baker est l'œuvre de Robiquet qui avait une grosse dette et était amoureux d'elle…

Au sous-sol, une salle de danse favorisait les rencontres et était ouverte dès 17 heures le samedi jusqu'à l'aube. Au premier avait été installé un boulodrome avec bar et salon où se retrouvait la faune folklorique du quartier.

La même année, Louise expose pour la première fois au salon d'Automne. Ses dessins et ses aquarelles rencontrent un bon succès, mais elle sait que seule la peinture peut l'amener à une grande notoriété. Elle travaille d'arrache-pied commence par s'inspirer de Berthe Morizot, mais l'impressionnisme est en pente douce ; c'est l'art nouveau qui excite les esprits.

Chagall, Picasso, Soutine soutiennent la création d'André Warnod « l'École de Paris », Modigliani, Foujita la consacre.

Louise a trouvé sa voie, ses dessins à l'encre aux traits inspirés des caractères sino-japonais se marient parfaitement au style de l'époque.

Foujita la remarque, la séduit et lui demande de poser pour lui. Il réalise ce merveilleux tableau où la peau blanche de la nudité de Louise est mise en valeur par les lignes à l'encre de Chine ; les multiples couches de blanc mélangé à de la nacre pilée donnent un ressenti inouï des reliefs du corps. Avec Youki, son modèle préféré, elle partage l'homme et apprend tout du maître.

Elle y était presque, la technique du peintre la transcende, elle devient décoratrice. Son inspiration et ses réalisations sont appliquées aux mobiliers, paravents, tissus décoratifs, papiers peints. Elle utilise la coquille d'œuf, la nacre, le galuchat, les laques, les feuilles d'or et d'argent, les bois précieux. C'est une actrice majeure de l'art déco des années folles.

Ces années folles se termineront avec la grande dépression commencée en 1929 à Wall Street par un énorme krach boursier.

Ses répercussions dans le début des années 30 en France mirent fin à cette joie et cette insouciance. Les revendications, la montée du national-socialisme en Allemagne, le communisme en Russie qui exportèrent leurs philosophies dans un climat de grogne sociale contribuèrent à l'instabilité du régime et à l'apparition du Front populaire de 1936.

Les ambitions néonazies, leur désir de revanche de la défaite de 1918 et de ses humiliations, firent basculer le pays dans la deuxième Guerre mondiale du siècle.

Une avancée dans les transports entre les pays et les continents, la création des compagnies et des lignes aériennes.

Aéropostale

Passionné par l'équitation, dès son plus jeune âge, il monte un poney, puis un petit cheval arabe et enfin un beau pur-sang. Il ira avec lui à Saumur quand il fait ses classes puis sa qualification d'officier de cavalerie.

De la même promotion que Galland et Bricout, bien que plus jeune qu'eux, ils se prennent d'amitiés.

En 1914, il rejoint le 12e cuirassier et fait les campagnes de l'Est puis du Nord. En 1916, ils sont démontés et priés de s'exercer à la guerre pédestre. Walter qui aimait être en hauteur se fâche.

Il demande sa mutation, classé « forte tête » par le colonel ravi de se débarrasser de lui, elle est acceptée sur le champ.

Il avait repéré que l'aviation recrutait pour former des pilotes. Son père avait un atelier de mécanique de précision, il savait se servir des différents outils et des machines. Il passe l'examen d'entrée qu'il réussit brillamment grâce à ses connaissances techniques.

Ainsi le centre de Chartres l'accueille. Après avoir appris rapidement à terre la manœuvre des appareils sur des Caudron et les premiers Breguet 9, il effectue ses premiers vols en Biplace sur des Farman.

Décollage, atterrissages, virages « bille au milieu », vrilles, décrochage, position d'urgence, après 17 heures de doubles commandes arrive le jour du lâcher.

Walter :

« Je pense que ce fut parmi les plus exaltantes émotions et les plus grandes joies de mon existence. Cette sensation d'être le seul responsable de sa vie, de flotter dans l'air, d'être empli de ce sentiment de liberté. J'étais là-haut parfaitement heureux ».

28 heures de formation, il doit passer une épreuve de navigation en ligne droite : un voyage de trois jours en triangle avec juste une carte, un compas, l'altimètre et le badin. S'y ajoute un test de mécanique éliminatoire, il doit être capable de réparer une panne simple au milieu de nulle part.

Il reçoit son brevet d'aviation militaire et il arbore fièrement ses ailes sur sa poitrine.

Recommence alors la vie de guerre, mais celle-ci est différente. Positionné sur une base près du front, il doit effectuer des missions de reconnaissance au-dessus des lignes ennemies. Ils volent sur des Breguet 14 et des Farman MF 7.

« Très peu armés, un poste en tandem, muni d'un fusil, nous partions à l'aube. Je traçais la route et les virages d'observation nécessaires, mon navigateur marquait les positions sur la carte.

Nous nous faisions tirer dessus par les premières mitrailleuses antiaériennes où prendre en chasse par les avions allemands. Nombre d'entre nous ne sont pas rentrés de leur mission et comme nous n'étions pas équipés de parachutes, le moindre pépin se transformait en catastrophe si on ne pouvait pas se poser.

La vie au mess était une succession de joies après des victoires et de tristesse après la perte de nos camarades ».

La guerre se termine et la démobilisation le laisse inactif. L'atelier de son père lui est proposé, mais il a vécu tant d'expériences exaltantes que cette vie lui paraissait bien fade.

« J'avais connu quelques pilotes réputés qui se lançaient dans la poste aérienne. J'allai aux usines Blériot pour présenter ma candidature, mais les postes étaient pourvus. Je contactai de même Potez, Breguet, Caudron, Farman sans succès. Prêt à renoncer, je reçus un courrier d'un ami qui travaillait à Toulouse et qui venait d'être embauché dans l'aéropostale ».

Les premières lignes de transport aérien venaient d'être créées, Latécoère avait lui-même inauguré son premier vol vers Barcelone sur un Salmson et avait ainsi démarré les « lignes aériennes Latécoère ».

À partir de ce moment, tout s'enchaîne vite, ils cherchaient des pilotes, il est embauché juste après Didier Daurat. La société inaugure d'abord la liaison vers Rabat. Toulouse Montaudran devient la première aérogare de France. Il fait un des premiers vols vers Dakar sur un Breguet 14 qu'il avait déjà eu l'occasion de piloter. L'objectif de Daurat est de développer le trafic vers l'Afrique, puis l'Amérique du Sud.

Il croise Saint Exupéry qui avait eu une panne dans le désert, avait réparé et était reparti. Henri Guillaumet lui avait été victime d'un accident et retrouvé après une semaine de recherche. Jean Mermoz avait effectué la première traversée de l'Atlantique de Dakar à Natale sur un Latécoère 28.3.

Cette liaison commerciale ne fut complètement effective qu'en 1935. Auparavant, elle se faisait par mer avec un Aviso.

Les lignes argentines s'étaient considérablement développées.

Les capitales et principales villes du continent sud-américain étaient alors reliées entre elles par l'Aeroposta Argentina. Des tronçons étaient inaugurés les uns après les autres. Un réseau de 17 000 km était ainsi créé. L'exploit, relier l'Argentine au Chili par-dessus la cordillère des Andes, fut réalisé en premier par Mermoz.

Le Potez 25, qui avait des capacités de vol exceptionnelles dans les ascendants, avait été choisi pour effectuer ces liaisons. Cependant, des drames avaient lieu : un d'entre eux tomba en panne, se posa à 5 000 m sur le versant d'un glacier, le pilote rejoignit après une semaine d'effort un village perdu sur l'Altiplano. Tous l'avaient cru mort, on avait repéré son avion, mais impossible de se poser. La bonne nouvelle arriva par télégraphe.

Walter part s'installer en Argentine à la demande de la compagnie générale aéropostale pour renforcer les équipes. Là, il rencontre Maria Blanca une femme exceptionnelle, une des premières aviatrices de son temps. Elle devient très vite son refuge quand il rentre des raids au-dessus des Andes à près de 5000 m d'altitude. Ils vivent heureux jusqu'à la révolution et à l'arrêt du réseau en Argentine. Il demanda à rentrer en France avec elle et n'eut pas de réponse.

En effet, la compagnie avait été mise en liquidation suite à la crise mondiale de 1929. Deux ans plus tard, les différentes affaires de trafic aérien ont été regroupées au sein de la société

Air France détenue par la Poste et le ministère des Transports par le biais d'une holding.

Ils partent alors de Buenos Aires pour s'installer à Natale afin d'exploiter la traversée de l'Atlantique.

Quelques mois plus tard, Mermoz avec la « Croix du Sud » périssait en mer avec ses trois compagnons. La consternation et les émotions dans le milieu des transports aériens et en France furent immenses. Plus question de traverser sans pouvoir se poser. Fin 1936, l'obligation d'utiliser des hydravions était instaurée. Peu manœuvrables, lourds au décollage, ils devaient amerrir à Dakar puis à Rabat et sur les étangs de Biscarosse au sud de Bordeaux.

Il apprenait à les piloter, mais il n'aimait pas ces avions, Maria Blanca le voyait s'envoler avec de plus en plus d'appréhension. Elle avait raison, car son avion capota à l'amerrissage dans la baie de Rio un an plus tard.

Walter faisait partie des pionniers qui avaient ouvert, au péril de leur vie, des lignes aériennes partout dans le monde. Ils aimaient les exploits, l'aventure moderne et l'immense sensation de liberté obtenue en pilotant là-haut dans le ciel.

Antoine de Saint Exupéry l'a si bien décrit dans « Vol de nuit ». Lui a été abattu avec son Lightning P38 au large de Marseille pendant la guerre de 40. Pour honorer leur mémoire, j'ai cité ces aventuriers.

Les mathématiques, la physique, la médecine... toutes les sciences vont faire des avancées immenses dans ce siècle. Des hommes et des femmes en sont les héros, rendons-leur un grand hommage.

PI

Que (3) j'(1) aime (4) à (1) faire (5) apprendre (9) ce (2) nombre (6) utile (5)

aux (3) sages (5)

Immortel Archimède artiste ingénieur

Qui de ton jugement peut priser la valeur

Pour moi, ton problème eut de pareils avantages. Jadis, mystérieux, un problème bloquait

Que Pythagore découvrit aux anciens Grecs…

3,141 592 653 589 793 238 462 643 383 279 592 873 983 75 …

Ainsi vous pourrez vous souvenir de mes décimales.

Les ordinateurs en ont calculé maintenant des millions et elles sont inscrites à l'intérieur du dôme de l'académie des sciences, je suis un des piliers des mathématiques et de la physique.

Je fus la première constante découverte : le rapport entre la circonférence d'un cercle et son diamètre. D'autres constantes « La racine carrée de 2 » et le nombre d'or avaient eu aussi une importance considérable en architecture depuis l'antiquité. Enfin, la constante « **e** » exponentiel qui introduisait le calcul différentiel et intégral avait été déterminante.

Les outils étaient forgés, les savants allaient pouvoir développer leurs théories.

D'autres constantes étaient indispensables au progrès.

On peut citer la gravitation avec Newton et l'accélération « **g** » utilisée par Kepler dans ses lois de la gravitation universelle.

Copernic, Galilée et Keppler étaient les instigateurs du calcul de la vitesse de la lumière dans le vide si utile à l'astronomie et constante fondamentale de la physique : « **c** »

Au 19e siècle, la constante électromagnétique « **µ0** » était découverte grâce aux intuitions d'Oersted, aux travaux d'Ampère, aux théories de Faraday et aux équations de Maxwell.

Ces constantes ouvraient le champ des découvertes du 20e siècle.

Déjà, les Grecs Leucippe et Démocrite avaient défini l'atome comme un grain de matière infiniment petit et insécable pouvant se combiner.

Gay Lussac, Rutherford et Avogadro travaillaient sur les gaz et les déviations des particules décrivant les premières théories. Ils découvraient les rayons cathodiques, puis Thomson trouvait l'électron, Volta le moyen de le stocker et Mendeleïev établissait le premier tableau des éléments connus, Roentgen travaillant sur l'électromagnétisme obtenait les rayons X.

La lumière avait déjà fait l'objet d'une étude de son spectre et la classification entre les ondes infrarouges, le visible et l'ultra-violet existait ; Hertz l'étendait aux ondes radio.

Tout était prêt pour l'aventure des inventions phénoménales du 20e siècle.

C'était comme un effet boule de neige grâce aux constantes qui se retrouvaient dans tous les calculs, les savants modifièrent considérablement le champ des connaissances en 100 ans.

J'aimais bien parler de quelques-uns des grands innovateurs, j'avais mes préférés, ceux que j'estimais au-dessus de la mêlée, même ceux qui n'avaient pas eu le prix Nobel fondé en 1901.

Ils contribuaient tous à la connaissance intime de notre univers, de son origine, de sa taille, de sa composition, des lois qui le régissaient et de ses futurs développements.

Dans ce siècle, les humains utilisaient leurs découvertes pour faire le bien, mais aussi le mal. C'est dans leur nature qui je l'espère évoluera un jour. La science ne devrait apporter que bénéfice et amélioration de leur vie quotidienne, sinon elle se perd.

« Science sans conscience n'est que ruine de l'âme », avait écrit Rabelais.

Dès la première année du siècle, Max Planck m'avait bien plu avec sa nouvelle constante « **h** ». En effet, sa formule **E=hυ** uniformisait l'électromagnétisme et ouvrait la porte à la théorie des quantas. Dans son calcul mathématique, j'y jouais un grand rôle.

Le second qui m'avait séduit était Niels Bohr en 1913 qui, à l'aide de Rutherford, publiait le premier modèle de l'atome. Il introduisait le quanta d'énergie : « le photon » émis lorsque l'électron passe d'une couche électronique à l'autre autour du noyau.

Moi **π** avec « **e** et **h** » nous étions bien sûr dans la formule, Sommerfeld complétait le modèle et Bohr établissait la liaison entre la structure des atomes et le tableau de Mendeleïev énumérant les composants de la nature, leur charge et leur poids atomique.

Dès sa publication, Albert Einstein s'intéressait au modèle et commençait à réfléchir sur la nature ondulatoire des particules et leur équivalence matérielle.

Ce qui donnait lieu entre Albert et Niels à la fameuse joute oratoire sur la théorie quantique :

Einstein excédé : « Dieu ne joue pas aux dés »

Bohr « Qui êtes-vous, Einstein, pour dire à Dieu ce qu'il doit faire ? »

Bien sûr, Albert Einstein était mon favori. À lui tout seul, il avait établi les équations fondamentales régissant la nature ondulatoire et corpusculaire de la lumière, il décrivit la relation quantique énergie/masse « $\mathbf{E= mc^2}$ » où la constante « **c** » de la vitesse de la lumière intervient.

Les autres principes qu'il découvrit sont :

La théorie des quantas – la théorie de la gravitation étendue – l'effet photoélectrique – l'existence dans le mouvement brownien des molécules qui tirent leur énergie de la chaleur – la théorie de la relativité restreinte où la notion d'espace et le temps sont relatifs aux vitesses proches de celle de la lumière.

En 1915, il publia sa théorie de la relativité générale :

Les équations décrivaient le comportement du champ de gravitation en fonction de son contenu en énergie et en masse.

Les ondes lumineuses pouvaient ainsi se courber par la gravitation. Ses applications bouleversaient l'astronomie.

En 1916, il compléta sa théorie des quantas en expliquant comment les photons étaient reçus et émis par les atomes. Le laser, l'effet d'échange photon/électron des diodes luminescentes et les panneaux solaires en sont les principales applications.

Les équations de Schrödinger contribuèrent à la validation de sa théorie quantique générale et permettaient de décrire les dimensions des molécules et des atomes en introduisant le principe de probabilité de présence.

Il calcula une nouvelle constante « le nombre d'Avogadro » : proportionnalité entre le nombre de particules élémentaires et la quantité de substance.

Ce nombre permettait à la chimie moderne d'évoluer : on pouvait ainsi quantifier et exécuter des mélanges exacts pour provoquer les bonnes réactions.

Je ne vous expliquerai pas le condensat de Bose Einstein, son autre invention. Il fit l'objet de publications et devint un facteur déterminant pour la supra conduction et les transitions de phases.

Cet homme avait marqué la science et le 20e siècle par son génie intuitif. Les progrès importants qu'il avait engendrés dans le domaine de l'astronomie, du nucléaire, de l'électricité et de la lumière, sont loin d'être exhaustifs.

« Vous pouvez voir que dans toutes ces équations je suis présent discrètement, d'autres constantes y sont mêlées, certaines que l'on croyait immuables comme le temps, les trois dimensions, la masse sont devenues relatives ».

Mon héroïne suivante était Marie Curie. C'est elle qui mit en évidence le Polonium (elle était née en Pologne) puis le Radium et mesura la radioactivité inventée par Becquerel.

Sa fille Irène continua le projet et avec son mari, Pierre Joliot, découvrit la radioactivité induite et la radioactivité artificielle qui mena à la création des réacteurs nucléaires. Joliot, avec deux autres physiciens, déposa la demande du premier brevet de l'arme atomique.

La mère et la fille pendant la guerre ont parcouru les lignes pour soigner les soldats blessés grâce aux diagnostics établis dans leur camion radiographique à rayon X. Bel exemple humanitaire de scientifiques !

Cependant, le bémol dans ces magnifiques trajets de recherche était que la boîte de Pandore étant ouverte, des esprits malins s'y glissèrent.

Les effets de la différence de masse liée à l'énergie libérée conduisaient à la création d'une arme de destruction massive : « la bombe atomique ».

La première, Trinity, était testée à Los Alamos. Les exemplaires suivants étaient largués sur les habitants d'Hiroshima et de Nagasaki avec les effets horribles que nous connaissons : souffle, chaleur, rayons, des centaines de milliers de morts…

Heureusement, d'un autre côté, on sauvait des vies :

Après la découverte par Pasteur du vaccin contre la rage, en 1927 le vaccin contre la tuberculose était mis au point, puis celui contre la diphtérie, ceux contre le tétanos et la coqueluche. En 1942, la pénicilline était généralisée. Les vaccins contre la poliomyélite et la grippe étaient diffusés. En 1977, le dernier cas de variole se produisait, cette maladie était totalement éradiquée, le choléra est en voie de l'être.

En 1952, les premières greffes de rein avaient lieu, le professeur Barnard faisait celle du cœur en 1967.

Ces progrès avaient un effet considérable sur la durée de vie des humains au 20e siècle.

Le développement de la médecine avait été fulgurant, une kyrielle de professeurs, de sommités y avaient contribué, ils font partie de mes grands héros.

Les technologies du confort ménager étaient entrées dans les foyers, la télévision était banalisée.

Le téléphone devenait portable avec les réseaux hertziens, il incorporait la photographie et la communication écrite grâce à une innovation majeure « internet » avec sa transmission sans fil.

L'ordinateur inventé pendant la guerre de 1940 était d'abord une énorme machine, puis plus petit et portable, capable de stocker des milliards d'informations avec un accès plus rapide.

Avec cette nouvelle puissance de calcul, on commençait le déchiffrage du génome humain : l'ADN avec ses trois milliards de séquences d'acides aminés. C'était alors la porte ouverte au génie génétique, à la compréhension intime du fonctionnement cellulaire et aux maladies qui l'accablait.

La météorologie, l'astronomie, la résistance des matériaux, les recherches dans l'infiniment petit, la conquête spatiale bénéficiaient aussi de ces immenses progrès technologiques.

L'évolution des techniques de détection astronomique nous faisait admirer la première interprétation du rayonnement fossile de l'univers. La compréhension des trous noirs et d'autres monstres célestes, la recherche des composants inconnus de l'univers sont encore à découvrir.

Dans le domaine de l'infiniment petit, le bestiaire des particules élémentaires devenait de plus en plus riche. En plus de l'électron et du photon, le neutron et le proton se décomposaient en bosons, gluons, neutrinos, muons, taus, quarks.

Maintenant, pas moins de 30 particules porteuses des trois forces élémentaires composent les atomes.

Avec des langages interactifs et la puissance des unités de calcul, l'Intelligence artificielle faisait son apparition à la fin du siècle.

Et moi **π**, *je continue à être partout présent dans toutes les formules depuis plus de 2000 ans, je suis éternel, je fais partie du Divin.*

Les objets n'ont pas d'âme, mais ils suivent les humains et les regardent évoluer dans le siècle.

Armoire bretonne

Dans ce musée, je m'ennuie depuis vingt ans. Je ne vois que très peu de monde et quand ils posent un regard sur moi ils lisent le cartouche « Armoire de trousseau 19e ».

Ils ont perdu la bataille, ils sont occupés, ils n'ont plus les moyens d'entretenir ce petit musée. J'y étais exposé au milieu d'autres objets, buffet, table à pain, tableaux, bassinoires anciennes, bac à confitures vieux de trois siècles…

L'endroit est réquisitionné, les objets vont être mis aux enchères. J'avais été conçu à la fin du siècle dernier pour le mariage de la fille du maire. Bon bois de chêne vernis, frontons bas et haut incrustés de motifs floraux en étain, fière allure. Mon frère, le buffet, devait être un peu jaloux quand je prenais la place de choix dans la chambre à coucher.

Puis il y a eu 14-18 et son cortège de désolation, lui est mort au champ d'honneur, elle de la grippe espagnole, j'ai été donné au musée de la commune.

Elle est pressée, son fils se marie dans un mois, il a été démobilisé à Perpignan après avoir fait traverser la France du nord au sud à ses hommes.

Il épouse sa marraine de guerre dont le père est prisonnier à la forteresse de Mainz. Ce dernier a écrit une belle lettre devant témoin pour donner son consentement et doter sa fille.

Il faut qu'elle soit à la hauteur, elle a promis l'argenterie et le mobilier de l'appartement où ils vont habiter.

Elle surenchérit et m'achète avec une table, un buffet, des chaises et un lit.

Une grande charrette nous emporte pour révision et déménagement.

Je reste là 9 ans, ils ont trois enfants, la victoire était au bout du long chemin. Il est reparti un mois faire le coup de feu, libération et poche de Royan, médaille militaire. Je continue le cours de ma vie dans un recoin, puis après le déménagement, je trône dans la salle à manger.

Je change d'affectation :

Couverts, plats, verres, carafes, assiettes en porcelaine de Limoges, on me remplit de tout. J'entends les cris des enfants, le ronronnement de la cireuse électrique, l'arrivée de la TV, du phono, de la guitare torturée et des envolées au piano. Les événements se succèdent : communions, anniversaires, fêtes. Je suis témoin de flirts, de gestes osés, de mensonges éhontés.

En face de moi dans une niche, la vénus de Milo nue, me jette un regard admiratif, car je suis forte comme un chêne.

Les enfants grandissent, se marient, puis l'accident. Mon propriétaire décède, sa femme peu après, encore ce destin qui me colle aux basques.

Je suis mis en punition dans un garde-meuble jusqu'à ma résurrection à la campagne, en Sologne. Je sers à tout et je côtoie mes frères les arbres. Ça ne dure pas longtemps, elle divorce, s'en va, me laisse à son ex, elle n'oublie pas d'emporter l'argenterie, sauf la monogrammée, peut-être a-t-elle eu peur de mon Karma ?

Retour en pénitence, puis Neuilly et la belle vie avec des fêtes et les amis.

Ce n'est pas la dernière étape, je retourne à mon premier usage dans la chambre à coucher de Saint-Cloud. Ses petites affaires à gauche : foulards, lingerie, colifichets, pull, corsages. J'ai un faible pour elle, vive, intelligente, sensuelle. À droite, c'est lui : ses montres, ses appareils photo, ses vêtements de sport, ses cravates et ses chemises.

Elle me tapisse en tissus roses, elle est styliste. On n'est pas à la campagne, mais dans le jardin, les rires et les courses effrénées des enfants résonnent. Elle adore les fêtes, il y en a plein, les jeunes aussi s'amusent.

Un été de malheur, mais la vie doit reprendre, un petit garçon arrive tout blond, bouclé, si adorable et si criard la nuit. Ils passent beaucoup de temps avec lui, c'est le petit dernier.

J'ai fini mon siècle et je repars pour un autre, ils déménagent encore, me vendent au Marché aux Puces, ce n'est pas un musée, car je vois des cohortes de curieux me regarder, me tâter, demander mon prix.

Mon pronostic vital n'est pas très fameux : don aux œuvres ou bois de chauffage. Ma valeur marchande est presque nulle, sauf si un couple…

Justement, il y en a un qui m'avise, intéressé pour me peindre en turquoise et blanc, les fleurs de mes étains en couleur… !

Les lieux de travail traversent les années, assistent à des drames, sont détruits et sont reconstruits, eux n'ont pas d'âme, mais les sentiments des hommes se mêlent souvent à leur destin.

L'Usine

Il est rentré, que faire ? Ce n'est pas la cavalerie qui va les nourrir, c'est fini, le 12e régiment a été dissous à la fin 1918. Il a une fille et un deuxième enfant est en route. Son père Léon lui propose de venir travailler avec lui à l'usine.

Les études de chimie l'avaient intéressé jusqu'à ce que sa passion pour les chevaux prenne le dessus. Il s'était retrouvé à Saumur, c'était ce qu'il pouvait ambitionner de mieux, il avait assumé la difficulté de l'arme et avait fait une guerre terrible à cheval puis à pied.

Ils vont développer l'affaire, ils vont créer de nouveaux vernis pour l'industrie et pour la mode. Le collodion : ils connaissent bien cette mince pellicule miracle, si difficile et si dangereuse à obtenir, qui magnifie les ongles, qui permet les dépôts photographiques et fait son œuvre médicinale.

Difficile et dangereuse : pour la fabriquer, il faut de la nitrocellulose et de l'éther, deux substances hautement inflammables.

Léon son père maîtrise bien la production, Eugène le rejoint et essaye de nouvelles formules, fait des vernis pour métaux. L'affaire progresse, il y a des besoins partout.

1922, un été chaud, le dépôt prend feu, le toit s'embrase rapidement.

Léon et sa secrétaire sont coincés dessous, ils font un échafaudage de meubles, cassent la verrière et montent sur le bout de toiture intacte. Eugène dans la cour les aperçoit, il demande que l'on appelle les pompiers et grimpe sur une échelle de bois pour les rejoindre. Il réussit à attraper la main de l'assistante et la ramène jusqu'au rebord d'où elle peut descendre, il retourne chercher Léon au milieu du feu qui se propage. Il l'atteint, mais à ce moment le toit s'effondre, Eugène recule, il est brûlé aux mains et à la figure.

Léon tombe et meurt dans les flammes, les pompiers arrivent et éteignent ce qui reste des bâtiments.

La tristesse de la mort de son père s'empare de lui, mais c'est un combattant, il reconstruit l'usine et les Ets Galland reprennent vie. Il rajoute une activité de fabrication d'eau distillée pour laboratoire afin d'avoir sur place une grande quantité de liquide dans un réservoir avec des pompes pour se prémunir contre un nouvel incendie.

Des anecdotes émaillent l'histoire des établissements Galland.

Un soir, dans le métro, en se rendant à l'opéra en tenue de gala, Eugène se fait arrêter comme éthéromane par un policier zélé. Il est emmené au commissariat avec son épouse, le temps de s'expliquer et de prouver qu'il travaille dans une usine où il manipule beaucoup d'éther, d'où l'odeur, il rate la représentation.

Un autre jour où il accompagne son chauffeur dans le camion lors d'une livraison à l'Institut Pasteur où il a rendez-vous. Le conducteur bouscule un piéton et ne s'arrête pas malgré l'injonction d'Eugène. Celui-ci se rend à la police pour s'expliquer et faire la déclaration, il est immédiatement incarcéré pour délit de fuite, alors que le chauffeur lui est réellement en fuite et ne réapparaîtra jamais.

Les pays africains réclament des vernis à ongles, il part en tournée en Afrique. Grâce à ses réseaux, il est reçu partout et revient avec de nombreuses commandes.

1939, Eugène assiste à la renaissance du douzième de cavalerie qui désormais rejoint la deuxième division blindée, il suit avec ses anciens camarades, officiers de réserve, l'évolution du conflit. Dès la déclaration de guerre, avec ses condisciples de Saumur, ils se portent volontaires.

Le capitaine Eugène Galland, officier de la Légion d'honneur, croix de guerre à multiples palmes, est incorporé dans le train des équipages chargé de la logistique des blindés. Il a 54 ans, marié père de deux enfants, il veut en découdre à nouveau, son aventure militaire sera de courte durée.

Il doit accompagner le régiment qui projette ses chars sur la frontière belge par voie ferrée. Le train est bombardé par les terribles Messerschmitt, le convoi s'arrête en rase campagne, ils sont au milieu de la poche conquise par les Allemands dans la journée. Ils sont faits prisonniers.

Conduit dans un premier camp de regroupement, il s'en échappe, il est repris et expédié en forteresse. Il se retrouve finalement à l'oflag 13 à Mayence avec ses anciens camarades, dont Bricout avec lequel il était sur les lignes en 1916. Il y restera plus d'une année, n'assistera pas au mariage de sa fille, écrira, donnera de ses nouvelles et autorisera le mariage. Il tentera une fois encore de s'échapper de l'infirmerie où il était soigné pour une otite qu'il avait provoquée en mettant de l'eau dans son oreille malade.

Il y arriva enfin, erra pendant un moment en Allemagne, fut recueilli par une fermière bienveillante. Il reprit sa route bien après l'armistice et la libération de ses camarades de Mainz. Il se présenta enfin à son domicile de Paris hirsute, habillé de guenilles, sale. Son épouse ne le reconnut pas et s'évanouit quand elle entendit sa voix, « Adeline, c'est moi Eugène ».

Son ordre de démobilisation avait été déjà entériné depuis cinq mois. Il était considéré comme perdu.

L'usine avait brûlé à nouveau, une fusée éclairante était tombée sur la réserve de produits une nuit de combat aérien et de tir de canon de la Flak. Sa fille s'était occupée de faire tourner l'usine pendant son absence et avait établi le dossier des dommages de guerre, Eugène refusera de se faire indemniser.

Il remontera par ses propres moyens la production et y travaillera jusqu'à 86 ans refusant pour toujours que son fils le rejoigne sans doute de peur de le perdre.

Président des officiers de réserve de cavalerie. Il rendra hommage à ses camarades de combat. Il portera l'étendard du 12e de cavalerie et de la deuxième DB, tous les samedis à 18 h, pour réanimer la flamme à l'Arc de Triomphe. Il organisera des concours hippiques tous les ans, mêlant militaire et civils pour perpétuer les valeurs de l'arme, il ira même à Satory pour faire des exercices de char jusqu'à 75 ans.

Ses enfants moururent avant lui. Lui-même survécut jusqu'à 93 ans. Il fut enterré sans la présence de ses compagnons de combat, tous disparus. Ses petits-enfants l'ensevelirent dans un drapeau tricolore avec ses dizaines de décorations.

Le terrain de l'usine fut vendu, les grands alambics de cuivre rouge qui avait fait la réputation de l'établissement partirent découpés chez un marchand de métaux. Impossible de continuer la production de produits dangereux et de mélanges détonnants en plein milieu d'Aubervilliers et de ses habitations.

L'archéologie moderne suscita un grand intérêt pour les civilisations disparues et leurs trésors. La plus fouillée fut au 20e siècle : l'Égyptienne...

Pharaon

Le Caire, bruyant et poussiéreux, nous accueille. À notre arrivée depuis la gare en calèche, nous nous retrouvons au bar de l'hôtel. Heureux de nous désaltérer après les épreuves du débarquement à Port-Saïd, du contrôle de la douane, de la récupération des bagages et du transfert en train.

Notre expédition commence réellement ici aux portes du royaume des Pharaons qui ont régné sur la Haute et la Basse-Égypte pendant plusieurs millénaires. Le lendemain, nous sommes allés à cheval jusqu'à Gizeh pour nous rendre compte où en étaient les fouilles, initiées par la chaire d'Égyptologie de Londres, dans la pyramide de Keops.

Nous avons salué nos collègues. Ils nous ont présenté l'avancement de leurs travaux dans la grande galerie, leurs techniques ont été minutieusement enregistrées, puis nous avons embarqué vers notre mission, déjà impatients.

Nous naviguons sur le Nil vers notre objectif sur un vapeur qui a bien du mal à remonter le courant. Ça durera des jours à cette vitesse, nous en profitons pour admirer les paysages et les felouques à voile triangulaire blanche, chargées de marchandises, tirant des bords.

Les cultivateurs sont au travail sous un soleil ardent, dans une succession de sables et de champs. Des petits barrages sur les rives irriguent les terres limoneuses.

Isis la déesse du Nil ne se laisse pas facilement conquérir, mais nous arriverons bientôt pour nous installer dans le seul hôtel acceptable à notre prochaine étape.

Nous passons Hermopolis, Abydos où des excavations découvrent l'immense temple dédié au dieu Osiris. Nous sommes en vue de Karnak, temple du dieu Amon, et de Thèbes la capitale du nouvel empire, tout près de la majestueuse Louxor. Nous sommes submergés par l'émotion, nous sommes au cœur de cette civilisation bâtie il y a plus de 4000 ans !

De l'autre côté de la rive s'étend notre ultime étape, la nécropole thébaine et la vallée des rois.

Depuis la vogue, sous Napoléon 1^{er,} des œuvres originales venues du fond des âges, l'Égyptologie a conquis ses lettres de noblesse. Fini les pillages des pionniers, tout est sous contrôle. On doit avoir des permis pour fouiller, chaque expédition est sous la surveillance d'un fonctionnaire du musée du Caire chargé des vérifications.

Nous débarquons sur le quai de Louxor avec notre imposant matériel ; nous le stockons sous la garde d'un de nos aides égyptiens puis, nous nous installons à l'hôtel Cataract, très couleur locale.

Heureusement, nous avons reçu nos autorisations. Un certain Ahmed nous attend pour surveiller notre campagne de fouille.

Bien des trésors ont déjà été découverts depuis 1817 et la tombe de Sethi 1er.

Champollion déchiffra les hiéroglyphes et aida à identifier et classer les trouvailles. Puis ce fut la découverte de Deir el Bahari en 1881 et son véritable cimetière de dépouilles royales. La vallée des rois s'avéra riche en tombes, la mise à jour de celle de Néfertari, épouse de Ramsès II, installa l'idée qu'il y avait aussi une vallée des reines.

« Ce que je viens faire ici, moi Howard, c'est découvrir un joyau, une tombe inédite dans la vallée des rois. Je sais qu'elle est là à portée de ma main, nous la trouverons, j'en suis sûr.

Je ne crois pas à la malédiction des morts, les momies ne peuvent rien contre les vivants, je dois aller jusqu'à leur sépulture pour les comprendre. Quels étaient leurs ascendants, leurs épouses, comment vivaient-ils ? Quels étaient leurs royaumes ? Comment arrivaient-ils à construire des monuments aussi imposants, majestueux, riches de sculptures et de décorations ? Quels étaient les Dieux à qui ils offraient de si grands temples ? »

Nous commencerons demain, nous allons transporter le matériel en felouque sur l'autre rive. Puis, avec nos aides et leurs ânes, nous nous dirigerons vers les lieux balisés…

… « Ça fait six ans que nous retournons la terre à la recherche d'une nouvelle tombe. Je suis épuisé, mais je me sens si près du but. Encore un effort malgré les fièvres, l'espoir déçu, je dois persévérer. Je prie leurs Dieux de m'aider, de m'offrir la récompense de tant d'efforts.

J'ai reçu du Lord l'injonction de cesser les recherches, je l'ai supplié de continuer une année de plus, il a accepté, bien heureusement.

Enfin, le 26 novembre, nous avons découvert un début d'escalier sous des débris de pierres, nous l'avons déblayé, une porte murée portant un sceau royal nous est apparue, intacte.

J'ai prévenu mon commanditaire par télégraphe, il me dit qu'il arrive, que rien ne doit être fait sans lui.

Il est là avec sa fille lady Evelyn. Je fais percer avec mille précautions un trou à coup de burin. J'y glisse une bougie qui éclaire des merveilles ».

Le tombeau de Toutankhamon est découvert, la tombe royale renferme des trésors intacts et somptueux. Quand on ouvre le sarcophage, le masque d'or du jeune Pharaon étincelle à la lueur de torches.

« Mon objectif est atteint, j'ai découvert mon Graal, je suis célèbre, mais j'ai contre moi la revanche du Pharaon dont j'ai interrompu la course vers l'éternité.

Je le sais, leurs Dieux ont fait un pacte avec moi : la découverte et la gloire contre la misère d'une vie vide et écourtée ».

La Lady s'était donnée à lui dans la folie de l'exploration, mais elle le dédaignait maintenant qu'il était de retour à Londres.

Son commanditaire, sa famille, ses amis périront avant lui. Il mourut seul un peu plus tard, n'ayant jamais pu exposer les richesses et les trésors révélés dans la vallée des rois, à Thèbes.

Un destin faustien !

L'histoire d'un objet qui a vécu de terribles drames provoqués par les nazis poursuivant les populations qui tentaient de se réfugier en Suisse.

Sac à dos

Je respire à nouveau l'air pur des montagnes. Ils m'ont sorti du fond de la cave où j'étais enfoui depuis des années. C'est vrai que je suis vieux et moche, comme le disent les copains d'Estelle, mais elle m'a défendu :

« C'est celui de ma mère, il a fait plus de randonnées que vous n'en ferez jamais, de plus il est confortable ».

Maintenant, je suis sur son dos, ses petites tresses blondes fouettent mon rabat à chacun de ses pas. Je suis enivré par l'odeur de son parfum de fleur des champs et sa fraîcheur de jeune fille. Je suis heureux, je retrouve le chemin des prés.

Ce matin tôt, elle a glissé dans ma profondeur ses petites affaires, sous-vêtements, pulls, chaussettes de rechange et son gros sac de couchage. Dans mes poches d'un côté sa gourde et ses baskets, de l'autre ses sandwichs qui fleurent bon le Comté et le jambon de pays.

Après quelques heures et maints tressautements, quand des gouttelettes de sueur un peu âcre mouillent mes bretelles, elle s'arrête et me pose à terre avec précaution. Elle souffle, je pense à la merveilleuse nuit que je vais passer à la belle étoile, coincé sous sa nuque nacrée comme coussin. Ça me rappellera le temps, avant la guerre, où sa maman m'emmenait loin, au-delà de la ligne verte, sur des glaciers immaculés.

À l'époque, c'était toute une histoire pour aller dormir, avec des garçons, la nuit dans les alpages. Si on voulait attaquer l'excursion de bonne heure, c'était le seul moyen. Ils n'avaient pas encore installé le refuge où tout allait commencer.

Le sac que j'étais avait alors assisté à de bien étranges rites. Les nouveaux, comme ils les appelaient, devaient montrer leur courage avant d'aller plus loin dans la montagne. Le feu, la glace, les cris des animaux sauvages faisaient partie de la mascarade qu'ils organisaient autour du feu de camp.

J'avais servi à faire peur, comme capuchon sur la tête de ma propriétaire. Elle avait subi elle aussi, la première fois, les affres de leur bizutage. Mais elle était courageuse et n'avait pas paniqué. Elle avait su garder son calme à l'imitation du hurlement du loup contre ses oreilles enfermées dans le sac.

Puis quand ils avaient passé sur ses jambes et ses bras le brandon brûlant, j'avais bien senti sa légère crispation, mais elle n'avait pas bronché. Les cris, elle les avait poussés lorsque la glace pilée lui était arrivée dans le cou et avait coulé dans son dos jusqu'à la ceinture.

Ils avaient alors éclaté de rire et l'avaient déclarée apte pour la randonnée. Le lendemain, toute la petite troupe était partie tôt vers les sommets. Après, elle m'avait trimballé sur son dos chaque fois qu'ils partaient en montagne.

J'avais été témoin de bien des événements joyeux et graves qui s'étaient déroulés là. Si j'avais pu parler, des innocents auraient été sauvés, des criminels condamnés. J'aurais pu les avertir des dangers qu'ils courraient et dénoncer les pièges qui leur étaient tendus. J'aurais dit aussi la vérité sur leurs sentiments.

Mais on m'a remisé un jour et j'ai dû attendre longtemps avant de pouvoir reprendre du service.

C'est elle qui m'a découvert sous un fatras d'objets empilés dans les soubassements du chalet. Je n'avais pas très bonne mine après tant de temps. Elle m'a fait une toilette soignée et complète, lavé, recousu, mes boucles grattées et huilées, mes cuirs cirés. J'avais meilleure allure, un peu vintage et démodée, mais utilisable.

C'est comme cela que je suis reparti sur le dos de ma bienfaitrice, inutile de vous expliquer la dévotion que j'ai à son égard, c'est une deuxième vie qu'elle m'offre. J'espère que le lien profond qui nous unit ne sera pas contrarié comme la première fois par toutes les horreurs auxquels j'avais assisté :

« Des hommes perdus dans la tempête de neige, des passeurs malhonnêtes, des coups de feu, des glissades sans fin dans les séracs, des attaques et des dépouillements violents. J'ai tout vu, je me le rappelle avec des frissons, j'ai encore quelques traces d'éraflures sur mon tissu. J'avais survécu là où des hommes avaient péri ».

Puis un jour, on m'a prêté, je suis revenu à la maison sans le guide de montagne qui m'avait emporté sur son dos, et j'ai été relégué à la cave.

Une fois posé à terre elle fouille dans mes poches pour en extraire sa gourde et son casse-croûte.

— Tu es déjà fatigué, Estelle ? lui lance, goguenard, son frère Henri

— Pas du tout, je souffle un peu ça fait deux heures que l'on marche, j'ai soif et faim, pas vous ?

— Si, si, elle a raison, dit en écho, Marianne, l'amie de classe d'Henri, faisons une pause.

— À cette vitesse-là, les filles nous ne serons pas au pic ce soir pour voir le coucher de soleil sur le glacier, ajouta Philippe le camarade d'Henri. Allons juste cinq minutes d'arrêt et on repart.

— Alors Estelle tu as voulu venir avec nous il faut te presser un peu, conclut Henri.

Elle me remet sur son dos et nous repartons vers le haut, grimpant en file indienne sur le petit chemin de plus en plus raide qui serpente à flanc de montagne.

Elle doit penser que les grands sont sans pitié, ils ont au moins deux classes de plus qu'elle, mais elle tient le coup, pas question de montrer le moindre signe de faiblesse.

Elle me rappelle tellement sa mère, même courage, même volonté, sa petite mèche folle, ses nattes blondes et ses yeux pervenches. Elle s'appuie sur son bâton de montagne et pousse, ne décollant pas de son prédécesseur.

Je suis étourdi par la pureté de l'air, par l'odeur des alpages et de ses plantes. Plus nous grimpons et plus les souvenirs m'assaillent et me reviennent : les moments de bonheur d'Elena, les roulades dans l'herbe, les jeux de cachette dans les bois, les baisers volés derrière les sapins, les légères étreintes. J'étais là, je voyais tout, ne disait rien. Des flirts, il y en avait eu, elle était tellement belle, tous voulaient conquérir son cœur.

Elle leur donnait leur chance, mais aucun ne résistait au temps des épreuves. Elle les stimulait, offrait de temps en temps une caresse, mais dès qu'il s'agissait de déclarations plus sérieuses, elle se renfermait et demandait tant qu'il était impossible aux jeunes gens d'y souscrire. Ce qu'elle voulait c'était la passion, le grand amour. Elle ne pouvait admirer que des hommes héroïques, des combattants, des casse-cous, des trompe-la-mort.

Pour ses randonnées sur le glacier elle partait avec des guides courageux, de vrais montagnards, des hommes rudes et forts. Peu de femmes suivaient ces courses qui duraient trois jours avec des bivouacs où il fallait dormir dans la neige, enveloppé dans un duvet, sous des petites tentes. Là, pas question de flancher, il fallait se donner à fond.

Je contribuais à ma tâche sur les épaules d'Elena, duvet, tente, provisions, affaires de rechange, crochets et piolets tout était minutieusement rangé dans mes fonds, mes poches ou accroché pour un accès immédiat.

Les raids devenaient plus accessibles quand ils avaient installé un refuge au bas du glacier. Nous montions jusque-là, y dormions, nous y réchauffions et repartions à l'aube pour attaquer la montagne de glace.

L'été de ses dix-neuf ans, elle décidait d'y grimper avec un ami guide de montagne.

Trois jours où ils disparurent dans la tourmente de l'orage dantesque qui s'était abattu sur le massif, personne ne pouvait envoyer les secours, il leur avait fallu attendre.

« En fait, nous nous étions perdus dans le brouillard quand le temps soudainement changea et la neige s'abattit sur nous en rafale. Elena glissa dans une crevasse. Vincent le guide, lutta des heures pour nous récupérer au fond et nous remonter dans le blizzard glacé qui soufflait sur les pentes.

Il nous porta pendant toute une journée jusqu'au refuge. Il réussit à allumer un feu dans le poêle à bois. L'un contre l'autre, ils se réchauffèrent attendant que la tempête s'apaise, puis l'ambiance devint plus tendre et elle lui offrit son corps et son cœur pour le remercier de lui avoir sauvé la vie. Il devint son amant régulier. Je reprenais du service quand avec des sourires éclatants ils allaient passer des soirées dans le refuge et sur les montagnes ».

« Estelle, réveille-toi, il est temps de redescendre. » Elle relève la tête de l'oreiller dont je fais office, s'étire, regarde autour d'elle, le café est au chaud sur le feu. Elle se verse une tasse, boit et s'ébroue comme un jeune chien. Henri s'esclaffe en la voyant émerger, les autres sont déjà prêts à partir. Vite fait, elle enfourne ses affaires dans mes compartiments, enfile ses chaussures, secoue et roule son duvet qu'elle attache sous mon rabat. Elle me prend par les bretelles et, tel un baroudeur, m'envoie d'un seul mouvement sur ses épaules.

Nous redescendons vers la vallée, après cette nuit passée à contempler les constellations dans un ciel pur. Elle semble heureuse et chantonne en sautant de pierre en pierre comme un cabri, elle est dans son élément !

— Maman, tu es là ?

— Oui Estelle, tu es de retour, tu as l'air contente.

— C'était formidable, promets-moi de m'autoriser à recommencer ? Et puis ce sac à dos me va, je l'aime bien.

Elena pense à Vincent, le père d'Estelle, qui l'avait sur lui avant de mourir, là-haut, poursuivi par les Allemands.

Elle devra le lui dire un jour, elle lui ressemblait tellement. Ce n'était pas encore le moment, il fallait que sa fragilité d'enfant disparaisse, elle devait être plus mûre encore. Elle eut un grand moment de tristesse puis se reprit

— Oui ma chérie, peut-être un jour nous pourrons le faire ensemble.

— Tu me raconteras tes courses et ce qui est arrivé dans ces montagnes.

— Tu sais, c'est parfois très triste.

— Je veux tout savoir, papa n'a pas connu cela.

— Non, mais il sait plein d'autres choses sur les maladies et notre corps.

— Eh oui, normal pour un docteur.

— Ah te voilà Henri, tu vas bien, Estelle s'est bien comportée, elle a l'air enthousiasme ?

— Oui, ça a été, il a fallu la bousculer un peu, mais elle ne geint pas, c'est déjà ça.

— Henri, sois gentil, elle est plus jeune, tu es son grand frère, tu dois l'aider et la protéger, je dois compter sur toi, compris ?

— Ouais, toujours pareil on doit s'occuper d'elle !

Elle me pose sur son lit et me vide de ses affaires, puis en me regardant elle dit

« Tu es vieux, mais agréable, je te garde » et elle m'accroche dans sa penderie par les bretelles, une feuille de papier glisse à terre…

Certaines maisons ont vécu de belles histoires de famille, il y a dans celle-ci un je ne sais quoi d'inspirant et d'éternel, survivant à l'occupant.

Les Tournelles

Au début, je n'étais qu'une grange transformée en atelier de peinture par mon propriétaire. Il s'exilait de la capitale et de ses obligations pour réaliser ses œuvres : la mer, douceur et furie, la plage et peindre les lumières uniques que l'on peut trouver aux beaux jours, il avait ces instants pour se libérer de l'orientalisme et de l'animalier qui guidait habituellement ses créations.

Ce peintre « *Decaen* » dont les œuvres furent exposées dans divers salons, repoussa mes murs, les orna de bas-reliefs réalisés à partir de la glaise des *vaches noires,* la falaise toute proche, cuite au four. Il me fit construire des tourelles, des balcons, des escaliers, décora les pointes de mes toits de céramiques qu'il confectionnait.

Villers sur mer se situe là où le méridien de Greenwich pénètre en France, face au Havre et à l'estuaire de la Seine.

La renommée de mon peintre m'a permis aujourd'hui d'être classée. La place où je me tiens se situe un peu avant la grande montée vers les falaises et juste devant l'escalier des 107 marches qui mène à la plage.

Mon propriétaire décède, sa descendance me garde vingt ans et à l'issue de la Grande Guerre me vend à cette famille qui la conservera soixante ans.

Mon nom vient sans doute des petites tours qui ornent mes angles.

J'ai été la maison de famille pendant tout ce temps, j'ai vu grandir les cinq enfants de mon nouvel acquéreur et les neuf petits-enfants de la génération suivante.

Il y a eu des rencontres sur la digue, à la plage, des fiançailles, des mariages. Ils m'ont agrandi et sur ce beau terrain en pente, ont ajouté un bungalow de deux grandes pièces pour que les plus âgés aient un lieu de villégiature plus pratique quand ils y passaient cinq à six mois par an.

L'invasion de la France par les Allemands a été un moment difficile pour moi. Réquisitionnée comme garnison locale, les toiles de *Decaen* incrustés dans mes boiseries du grand salon avaient été découpées et emportées on ne sait ni par qui ni où. J'étais là blessée, lésée, torturée moi aussi, j'avais dû m'insurger, rentrer en résistance.

J'inventais des grincements dans la nuit, des portes qui claquaient, des marches qui cédaient, des fantômes hurlant dans le vent du large. La femme de ménage qui s'occupait de la maison et son compagnon, m'aidaient bien dans cette tâche, inventant le moindre prétexte pour intervenir sur la plomberie et la platerie ou bien livrer du bois ou de la nourriture. Ils laissaient de faux messages, copiaient des ordres, pillaient le bureau de l'Hauptmann führer, ils renseignaient les réseaux de résistants.

Mes murs étaient utilisés pour clouer des matériels, les cartes et les supports de vêtements et d'armes. La Kommandantur avait là un poste d'observation idéal sur la baie de Seine et pouvait donner des ordres aux bunkers abritant les canons situés sur la falaise et sur la côte. De cette dunette, ils pouvaient voir à des kilomètres. Plus tard du même endroit sur la terrasse, où mes propriétaires prendront calmement le café après le déjeuner, ils observeront à la longue vue, la sortie des transatlantiques du port du Havre, rêvant à de luxueuses croisières.

Le débarquement du 6 juin 1944 avait eu lieu à quelques dizaines de kilomètres, les traces des escarmouches et des fusillades sont encore nombreuses sur les murs de mes voisines de la rue. Mon soulagement avait été complet quand les soldats américains débarquèrent et chassèrent les Verts de gris qui avaient empoisonné mon existence pendant ces années de misère où j'avais été si maltraitée.

Les Villersois brûlèrent le drapeau nazi et me parèrent de drapeaux tricolores, de l'Union Jack et de la Bannière étoilée. Ce fut la fête au village balnéaire, les G.I. furent accueillis avec des applaudissements, des fleurs et des embrassades. Le bal du 14 juillet cette année-là avait été splendide : la place de la mairie était décorée de cocardes tricolores, les filles dansaient le Rock and Roll avec les soldats américains, après ces années d'occupation c'était la joie, tard dans la nuit les habitants fêtaient leur liberté retrouvée.

Les occupants chassés, ils avaient dû nettoyer les plages des mines, des barbelés, des systèmes anti-débarquement qui avaient été installés partout.

Dans un triste état, j'étais rendu à mes propriétaires. La vie reprenait dans ce charmant petit cottage normand, biscornu, avec ses escaliers intérieurs et extérieurs, ses planchers à différents niveaux, ses petits balcons fleuris à la Roméo et Juliette, ses vitraux de couleurs, ses perrons et ses gloriettes, ses colombages sur des murs en briquettes roses et beiges.

Le jardin devenait le berceau des rosiers de la grand-mère, les enfants et bientôt les petits enfants y résidaient trois mois l'été, profitant des bains de mer, des jeux de plage, de la pêche à la crevette, des courses au trésor dans les falaises.

Le grand-père emmenait la petite troupe marcher en chantant le long des chemins pour cueillir des groseilles, des mûres et ramasser des noisettes.

Toute cette génération de cousins et d'amis se retrouvait ici, les Quatorze Juillet, pour un grand campement improvisé à plus de vingt. Le bungalow était le refuge des confidences, des jeux de canasta, de billard, et des apéritifs du dimanche.

Les uns après les autres disparurent, qui aurait voulu de moi, vieille demeure ? Personne dans la famille ne me reprit, je passai entre les mains de passionnés qui me restaurèrent à l'ancienne et me firent classer.

Je reste là, après cent cinquante ans, comme témoin du charme et du caractère indéniable de cette région : la Normandie.

Comment dans les années 50 les mentalités évoluent, les baby-boomers vivent des jours heureux dans des lieux de rêve.

Les musiques du Cap

Ce qui vous frappe en premier lieu quand vous pénétrez dans le Cap par la route intérieure qui vient d'Antibes, ce sont les odeurs qui vous assaillent.

Le parc Saramartel et ses milliers d'espèces d'arbres venus du monde entier vous envoient ses puissants effluves. Elles sont mêlées à l'essence des pins, des lauriers, des jasmins et des dizaines de fleurs odorantes plantées le long de la route. Vous êtes enivrés, c'est la fin du voyage, le bonheur vous attend.

Puis la musique, celle des cigales, des grillons, incessante, lancinante, ne vous quittera plus. Elle bercera vos siestes et cessera tard dans la nuit.

C'est une presqu'île, avec son port, ses plages, ses rochers, ses magnifiques propriétés cachées, ses hôtels prestigieux : Eden Rock, le grand hôtel du Cap… Mais c'est aussi une histoire, une ambiance, des milliers de maisons de vacances, un espace pour notre vie d'été.

En grandissant, nous découvrîmes petit à petit cette vie de liberté. Cantonnés sur la plage de Joseph ou de Keller quand nous étions enfants, les bicyclettes et les vélomoteurs nous ont permis de la conquérir.

Ces nouveaux espaces nous faisaient ancrer nos après-midi chez nos amis D. B…, célèbres imprésarios de la côte.

Nous formions un petit groupe d'adolescents. D'autres, dont Carlos, se joignaient à nous pour pécher, rire, se baigner, apprendre à danser. La fréquentation de leur maison nous faisait rencontrer des artistes de music-hall, des comédiens.

Roger Pierre nous emmenait manger des glaces ou au cinéma. D'autres fantaisistes nous faisaient rire, Fernand Reynaud avec :

« Ses œufs cassés et les pas cassés »,

Francis Blanche et son numéro de « Miro Miroska » et ses roulades arrière au bar de la Siesta, au milieu des clients effarés.

Raymond Devos et « Ses sens interdits ».

Nino Ferrer arrivait là, dans sa vieille Alfa Roméo 1930 restaurée, sa contrebasse comme passagère. Un bœuf s'organisait, Robbie Davis au saxo, Carlos à la batterie, Nino à la basse, ils jouaient du jazz, chantaient :

« C'est un pays qui ressemble à la Toscane, à l'Italie… ».

Nous vîmes défiler Jean-Claude Pascal et sa belle Américaine, Aznavour qui entamait « La bohème », Bécaud, Constantine…

Pas un gala au casino de Cannes, de Juan ou au théâtre de verdure de Nice, sans que nous allions dans les coulisses faire la claque. Marcel Hamon égrenait :

« Bleu, bleu, bleu le ciel de Provence ».

Bécaud lui répondait par :

« Quand tu danses, danses, devant moi… ».

Monsieur cent mille volts déchaînait les passions.

Sur la digue de Juan-les-pins, dans les bistrots, Édith Piaf avec son accordéon, chantait :

« La vie en rose ».

Je l'avais revu sur scène à l'Olympia pour sa dernière représentation, sa voix était intacte, elle avait fait se lever les spectateurs quand elle avait entonné « l'hymne à l'amour », j'en ai encore des frissons.

Nous suivions Sydney Bechet quand il jouait avec son orchestre en marchant, comme à La Nouvelle-Orléans.

« Dans les rues d'Antibes » ou « Les Oignons »

À Juan, il y a maintenant un square Sydney Bechet avec son buste.

Il y avait la naissance du Rock and Roll français. Vince Taylor en cuir avec ses chaînes, Johny Halliday et sa vespa orange. Nous allions le voir l'après-midi au Vieux Colombier, avec nos amis, nous faisions la claque à nous tout seuls.

Le phono à la maison jouait : « Rock Around the Clock » de Bill Haley ou les chansons d'Elvis Presley. Nous essayions d'imiter son jeu de jambes, Johnny y arrivait mieux que nous. Nous avions vu l'arrivée des Chaussettes noires, avec Eddie Mitchell. Des Chats sauvages avec Dick Rivers, qu'une de nos amies épousera plus tard.

Nous dansions sur Little Richard pour compléter notre apprentissage. Il y avait le Hulla-hop, le Twist, le Jerk, le Madison, le Mash Potatoes…

« Si j'avais un marteau »,

« Elles sont belles, belles, belles, belles comme le jour… »

La journée, c'était pêche sous-marine et parties de poulpe rugby sur le bord de l'eau, effrayant les baigneurs. La plage était notre domaine et le soir, nous rangions les matelas rayés vert et blanc de Loulou, contre une boisson.

Le Festival de jazz s'était installé en juillet sur la pinède Gould de Juan les Pins. Il y eut des soirées inoubliables avec Miles Davis, Ella Fitzgerald, Ray Charles qui se prolongeaient parfois jusqu'à l'aube. Debout sur nos chaises nous dansions, chantions, applaudissions, crions, c'étaient des moments qui nous submergeaient, comme les autres spectateurs.

"What did I say " "Summer time """All That blues "

Nous terminions devant un « dernier verre au Pam Pam » avec des musiciens et des amis.

Nous allions nous promener à Vallauris, regarder le travail des potiers et les corridas organisées pour honorer Picasso. Le soir à six heures, quand le soleil était plus bas, nous circulions sur les remparts pour admirer le fort Carré, la baie d'Antibes.

Nous nous arrêtions, curieux, en face de la terrasse où Prévert buvait un Pastis avec Pablo. Nous allions au port, qui était plus petit à l'époque, ébahis devant l'énorme yacht du roi de la bière ou le trois-mâts noir et verni de « Niarchos ».

Le Cap nous occupait, prenait notre vie. Du phare de la Garoupe, devant la table d'orientation, nous regardions, terrifiés, les montagnes flamber dans la chaleur de la nuit. Nous pénétrions dans la chapelle où des centaines d'ex-voto étaient accrochés aux murs ou bien suspendus à la voûte, remerciant Notre Dame de la Garde d'avoir sauvé les pêcheurs des naufrages. Nous ne savions pas à l'époque que deux d'entre nous s'y marieraient.

Le premier y pénétra, pour ses vœux de mariage.

Plus tard, Christine ravissante, conduite par Bruno T…, hardi navigateur, dans sa Volkswagen rouge décapotable, suivit.

Nous commencions à organiser des soirées, puis il y eut l'été des trente boums, tous les soirs nous dansions. Quand il y avait un creux, le Val de Cuberte, la Siesta ou le Whisky à gogo de Cannes, nous accueillaient.

Nous avions des amies, belles et blondes. Nous les admirions quand, telle la « James bond girl » de Dr No, elles sortaient de l'eau avec grâce en bikini, dorées, les cheveux mouillés. Nicole, Claudine, Florence, Françoise, Dominique, ont été les égéries d'un été, comme la brune Isabelle et la jolie Laurence.

Mais celle qui nous transperçait de la flèche de Cupidon à sa soirée de Cannes, était sans aucun doute Brigitte F…. Mais « Jeux interdits », nous disait-on.

C'était le matin magique, nous partions, au marché provençal d'Antibes, chercher des melons odorants, des glaïeuls en immenses bottes, des fruits, des légumes pour la ratatouille, des poissons pour la bouillabaisse. L'odeur, les cris des maraîchères, l'ambiance bonne enfant avec l'accent du Midi nous comblaient, nous revenions chargés pour la semaine.

Pétanque, pastis, rosé et siestes étaient les ingrédients indispensables au farniente, accompagnés d'un bon livre de série noire, d'anticipation ou d'espionnage.

Les amis M…, imprésarios faisaient aussi des fêtes superbes ou les acteurs et les actrices se montraient pour notre plus grand plaisir.

On m'appela un mois d'avril, Alain M… nous avait aiguillés sur Barclay qui cherchait un endroit tranquille pour ses poulains.

Nous avons installé un piano à la maison et pendant trois mois Michel Berger, Luc Plamondon et France Gall y vécurent. Ils y composèrent l'Opéra rock « Starmania ».

« Le monde est stone… »

« Quand on arrive en ville… » écrira Balavoine.

Dix autres titres célèbres ont été écrits là. Plus tard, nous avons retrouvé, derrière les meubles des petits morceaux de papier avec des phrases, qui ont été reprises dans leurs chansons.

Carlos chantait « 2 min 35 s de bonheur » avec Sylvie Vartan.

« Le lion » d'Henri Salvador « est mort ce soir ».

Régine animait les soirées de Monaco.

Il y avait eu l'été de la villa Guide et de ses fêtes, celui de la piscine des L… ça se passait sur l'avenue Gardiole-Bacon, boulevard du Cap, sur l'avenue des Pins ou du Soleil. Nous allions de soirée en soirée, nous devenions spécialistes de la Sangria, vin rouge et fruits, des orangeades au Cointreau et de la limonade. Cela suffisait à nos libations et nous dansions le

3-3-2.

Nous embarquions à 10 sur un bateau de 5,5 m à cabine, pour des pique-niques en mer. La Salis, le Cap, Sainte Marguerite et retour. À quelques-uns, nous allions plus loin jusqu'à Saint-Tropez qui émergeait de sa torpeur pour aller danser le Galop, voir les amis, apercevoir BB à la Madrague prenant son bain de soleil.

« Sur la plage abandonnée, coquillages et crustacés… ».

Peut-on parler de l'insouciance, nous étions nés pendant la guerre ou un peu après, nous cherchions les rires que nous n'avions pas connus petits, la musique était belle, était neuve, elle nous envahissait.

« Et les Beatles chantaient… »

Nos étés au Cap : la moindre odeur de pins, de laurier, de jasmin, la moindre musique de l'époque nous font revivre ces moments de plaisir. « I can get no (satisfaction)… ». Jouaient les Rolling Stones.

C'est vrai qu'à la fin du 20ᵉ siècle on pouvait s'imaginer rencontrer l'amour plus facilement, mais il y avait encore bien des obstacles à surmonter.

Improbable

Elle se lève, se regarde dans la glace de la salle de bain. Quelle mine, tout ébouriffée, elle se fait peur. Elle décide d'arranger cela, fini de se laisser aller, elle a été abandonnée il y a six mois, il est temps de revivre. Elle se maquille soigneusement : les yeux au Rimmel, les joues au blush, elle se fait une bouche écarlate. Elle enfile un chemisier en soie blanche, juste boutonné sur la naissance de ses seins, une jupe serrée noire chic un peu fendue sur le côté, des talons hauts. À la banque, ils ne vont pas me reconnaître, fini la grisaille, vive le renouveau.

Il fait beau à Bordeaux aujourd'hui, pas de tram un peu de marche jusqu'à l'agence.

Il se réveille tout chiffonné, la bouche pâteuse. Vite un café, une douche, il se rase, se regarde, pas brillant. Il se laisse aller, de profil un début de brioche.

Il doit réagir, il s'invente un programme de gym et de jogging. Depuis son divorce, il ne fait plus grand-chose, il se rend seulement à la cave à vin pour vendre aux restaurateurs les meilleurs crus. Il en connaît un bout sur les origines des Bordeaux, leur cépage, leur mélange, les meilleures expositions, les meilleures parcelles des châteaux. Il goûte, mais ne boit pas, sauf de temps à autre un excellent cru sorti, juste à temps, de sa réserve.

L'échec de son mariage a vraiment entamé son dynamisme, il doit se reprendre.

Il se coiffe un peu mieux avec du gel pour améliorer le côté « broussailles ».

Il délaisse le jean pour un pantalon plus mode, mets une chemise bleu ciel sous une veste sport, une ceinture en cuir. Il se jauge, dans le miroir, c'est déjà mieux !

Il part à pied vers le magasin ignorant le tramway.

Ils se croisent dans la rue, se voient, mais leurs idées vagabondent, sans accrocher le regard de l'autre. Ils vont travailler.

Une journée agréable, elle reçoit des compliments sur son allure et son sourire. On lui dit que c'est mieux ainsi pour accueillir les clients.

C'est positif ils doivent persévérer.

Le soir en rentrant chez eux, dans leur inconscient ils se demandent quelle est cette silhouette qu'ils ont croisée ce matin.

Où ai-je vu cette tête ? Ils en rêvent et l'oublient.

Le lendemain, mêmes efforts et même joies renaissantes.

Absorbés par leurs pensées, ils ne se voient pas et manquent de se télescoper

— Excusez-moi, je ne faisais pas attention.

— Moi non plus.

— Mais je vous ai déjà vu quelque part.

— À ma banque, sans doute, je travaille à la BCC au coin de cette rue.

— Je n'y suis jamais allé, mais je travaille à la cave de l'autre côté de l'avenue, peut être êtes-vous venue chercher du vin.

— Je ne crois pas.

— Écoutez, élucidons ce mystère, voulez-vous qu'on se retrouve à midi et demi au café en face. Nous chercherons, je suis persuadé qu'on se connaît.

— D'accord, à l'heure de la pause déjeuner.

Ils se séparent en allant dans des directions opposées.

« À qui me fit-elle penser ? »

« Qui est cet homme, je l'ai déjà vu ? »

La matinée passe sur ces interrogations, sans réponses.

« Je suis sûr(e), quand ? Où ? On va chercher, une sorte de jeu de piste ».

Le temps passe vite, ils se retrouvent au Café, commandent.

— Je me creuse la tête depuis des heures, mais je suis certain que l'on va trouver, je commence.

Il raconte alors sa vie en marche arrière, retournant de plus en plus loin dans le passé.

Il arrive à son enfance au village où il habitait en Vendée.

— C'est là, dit-elle en l'interrompant, nous étions ensemble à l'école quand nous avions dix ans, dans la classe de Mademoiselle Franchu.

— Ghilaine ?

— Pierre ?

Ils se remémorent alors les bons moments qu'ils avaient passés à échafauder les projets et les idées les plus folles. Ils voulaient découvrir le monde, vivre dans de grands espaces, être dans des pays chauds au bord de la mer, pécher, se baigner, danser sur des airs entraînants.

— Aimerais-tu réaliser tes rêves d'enfant, Ghilaine ?

— Oui Pierre, quitter la ville et vivre ailleurs dans un petit paradis.

— Ça me trotte dans la tête depuis longtemps.

Je t'en parle demain, si tu veux bien, on se retrouve ici à la même heure.

Elle lui sourit, lui tend la main, il la saisit, la serre. Ils doivent retourner travailler, ils s'embrassent légèrement comme deux enfants.

La nuit, ils rêvent de leur rencontre et des nouvelles possibilités qu'elle offre, ils se réveillent guillerets, leurs trams se croisent l'un venant de l'ouest, l'autre de l'est.

— Bonjour, Ghilaine.

— Bonjour, Pierre.

Cette fois, le baiser est plus appuyé, glisse vers la commissure des lèvres, ils s'asseyent à leur table, commandent.

— J'ai réfléchi, au début de l'année, je suis allé naviguer aux Grenadines. Je me suis arrêté dans un restaurant sur une plage de l'île de Grenade, il y avait là un vieil homme qui voulait céder son fond, ça ressemblait à un repaire de pirates.

Il faisait griller les langoustes pour quelques tables, vendait des provisions aux bateaux de passage. Il péchait, allait s'approvisionner, il avait un petit voilier avec un pavillon à tête de mort. La taverne servait le rhum au tonneau, était décorée de sabres, de canon, de décors de cinéma. Des scènes de « Pirate des caraïbes » avaient été tournées là.

J'avais sympathisé avec le vieux propriétaire et il m'avait fait une offre, mais je n'avais pas envie de m'installer seul. Qu'en penses-tu ?

— Quelle bonne idée, j'ai encore des jours de congé à prendre, on devrait y aller ensemble pour voir si c'est faisable, quand pourrions-nous partir ?

— Je regarde mon agenda et je te dis cela demain, je vais lui envoyer en télégramme pour annoncer notre arrivée et savoir s'il est toujours disposé à vendre.

Elle lui prend la main, lui propose de venir dîner chez elle le soir même, il amènera le vin.

Ils se retrouvent comme des camarades d'école qui font une blague ensemble, leurs corps sont d'accord, le reste suit.

Ils fixent la date, la réponse arrive, il les attend.

Ils s'envolent pour l'île de Grenade, ils sont enthousiasmés par l'endroit. Ils pêchent, se baignent, naviguent sur le voilier, dansent au son des Steel band, discutent avec le vieil homme qui les hébergent et trouvent un accord.

Dès la saison prochaine, ils seront là.

Ils préparent les déménagements, en fait peu de chose à envoyer il y a presque tout le nécessaire là-bas. Ils font leur préavis et partent s'installer.

Leur but est atteint, lui au barbecue, elle au service, il y a de la demande. Ils vendent surtout de l'avitaillement, et servent des langoustes grillées et des bananes flambées au rhum.

Les voiliers de passage s'arrêtent et sur la plage, les clients, les pieds dans le sable boivent un p'tit punch, dégustent des poissons et des crustacés, écoutent la musique et dansent, un moment de bonheur.

Le bouche-à-oreille fonctionne, c'est une bonne adresse, la clientèle augmente.

Pierre et Ghilaine vivent en paréos, plongent le matin, naviguent l'après-midi, ils se regardent heureux et bronzés.

Un jour peut-être, repartiront-ils en France ?

Leurs rêves prennent fin, ils se réveillent à Bordeaux chacun dans sa chambre.

Lui s'appelle Antoine et va travailler ce matin au chai, il a eu une nuit magnifique, sa journée commence bien, il y part en sifflotant.

Elle s'appelle Martine, elle est encore dans son imaginaire caraïbe, si beau, si doux, elle chantonne sous la douche avant d'aller à la Banque :

« Island in the sun ».

Des traditions ancestrales ont été perpétuées entre les deux guerres et existent encore de nos jours, sont-elles immuables ?

Mashie

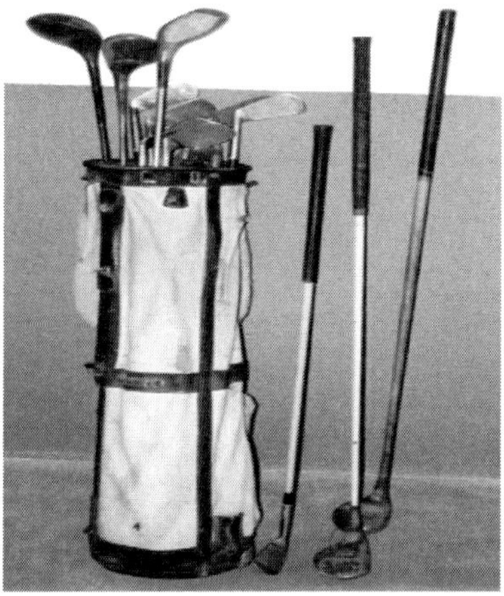

Maintenant, je trône dans l'escalier de la maison comme ornement décoratif à côté des autres clubs, le putter, le driver, le Brassie, le Spoon, le wedge et le Niblick. J'ai toujours mon manchc en Persimmon, ce bois d'ébène d'Amérique et ma lame d'acier. De vieilles gravures écossaises, des affiches de tournoi, des photos de groupe de golfeurs, des médailles et des trophées, montrent qu'ici le jeu de golf a régné et règne encore.

Dans cette région, il y a une culture du golf, mais pas seulement. Le rugby, la pelote, la corrida sont des institutions locales. À Guéthary, la grande maison ancestrale avec ses toits à deux pentes débordant des murs, ses colombages rouge sang de bœuf, avait abrité leur famille. Ils avaient leurs coutumes, leur langue, leur fierté. Ils étaient Basques d'abord et ensuite Français ou Espagnols.

Il faut dire que c'était de l'histoire ancienne, ma gloire des années 30. Depuis des générations, des fous de la petite balle blanche se sont succédé.

J'avais été, avec le vieux sac en cuir et les autres, oublié dans un placard. On n'y touchait pas sous prétexte que c'était les clubs du grand-père. Tout était lié à une histoire extraordinaire et un peu mystérieuse, qui s'était déroulée non loin d'ici, un certain week-end du 15 août 1931.

J'étais une sorte de légende et je devais être à la place d'honneur. Sa fille y tient, c'était celui de papa.

Il est vrai que c'était un grand champion qui avait gagné le British open et un tournoi majeur aux États-Unis qui l'avait offert à son caddy. C'était sa façon de le remercier pour sa perspicacité et son sens du jeu.

Il venait de remporter le grand prix de Chantaco qui le consacrait champion de France. Son assistant sur le parcours était un jeune homme de 16 ans qui tapait pas mal la balle.

Il l'avait repéré au Practice et lui avait demandé jusqu'à quel point il connaissait le terrain. Le jeune homme lui avait décrit de tête, trou par trou, les emplacements des obstacles au mètre près, les rebonds des tombées de balle sur chaque Fairway.

Il connaissait la profondeur des Roughs et celle des Bunkers, le sens de la coupe de l'herbe sur le green et les moindres pentes de chacun d'entre eux. Il lui avait dit où étaient les zones en réparation, les zones à pénalité, les positions de drapeaux possibles. Il lui avait indiqué la présence des arbres, leurs distances du départ et celle des obstacles.

Il était une anthologie du parcours à lui tout seul : pas de notes, tout dans la cervelle.

Il lui avait demandé de le suivre pour un entraînement. Le jeune homme s'était aussitôt saisi du sac et ils s'étaient entendus à merveille. Toutes ses indications étaient précises, il avait tout de suite compris les distances que le champion faisait avec ses clubs et lui avait fourni des renseignements efficaces, pas une erreur.

Il avait décidé de l'utiliser pour le championnat et ses trois tours. D'abord jouer la qualification le premier jour puis, après le Cut, des parties en Match-Play en fonction du classement : Huitième et quart de finale le deuxième jour, demi-finale et finale le troisième. Épuisant, il fallait tenir la distance.

Ils s'étaient entraînés tous les deux sur le Putting green le premier jour, avaient repéré la position des drapeaux et avaient rendu une carte sous le Par au club house, se classant deuxièmes de la qualification.

Ils s'étaient amusés toute la journée des coups improbables qu'il avait tentés, certains avaient réussis, d'autres avaient échoués dans les Bunkers.

Maintenant, c'était le moment de se détendre, la suite allait être plus difficile.

Le premier obstacle du deuxième jour fut franchi quand l'adversaire mit sa balle dans l'eau au 5 puis gratta son approche au 10, la partie était gagnée au 16 : 3 et 2. Ils eurent plus de temps pour se reposer quand le futur adversaire partit en Play-off pour un 19e et un 20e trou. Il dut repartir quasiment immédiatement contre mon champion, qui le battit au 17e trou par un put magistral de 12 mètres.

Le lendemain, il avait convoqué le jeune homme dès 7 heures pour étudier les emplacements des drapeaux et les vitesses sur le Putting Green. Ils n'étaient plus que 4 à jouer au départ de 9 heures et 10 minutes plus tard. La partie fut disputée et se termina après quatre heures et demie de jeu, sous un soleil cuisant, par une approche au mât avec moi le « Mashie » et un Birdie.

Il me remit dans le sac et dit au jeune homme :

« Si on gagne la finale je te donnerai mon sac et mes clubs, tu m'as très bien conseillé, va te reposer un moment on repart dans une heure ».

Ce qui fut fait à la fin de l'après-midi. Le champion gagnait la coupe et un beau chèque, je changeais de propriétaire et devins l'exclusivité de ce jeune espoir.

La suite relève du miracle, à peine pris en main par mon nouvel ami, il fit des performances incroyables. Je devais être magique, car les trous en un se succédaient, les eagles et les birdies pleuvaient. Il devint le plus jeune espoir du golf français. Il partit disputer le British amateur et s'y classa second derrière un certain Ben Hogan qui avait trois ans de plus que lui.

Mais la famille considérait que le golf n'étant pas suffisant, il fallait qu'il continue ses études jusqu'à son service militaire. Il s'éloigna donc des Fairways et revint de temps à autre le week-end pour gagner des tournois locaux.

Il rencontra sa femme dans un de ces tournois mixtes, ils le gagnèrent ensemble, ils se marièrent, puis ce fut la déclaration de guerre. Sa fille naquit pendant qu'il se trouvait à Sedan. Blessé à une jambe il fut rapatrié et arrêta le golf.

Je fus remisé dans le placard. Quand sa fille hérita, elle décida de m'exposer avec les trophées et les souvenirs. Je suis dans l'escalier maintenant et elle me considère comme le gardien de l'esprit magique de leur maison et de leurs traditions Basques.

La suite de l'histoire du sac quelques années plus tard...

La lettre du sac

Elle se penche et ramasse cette feuille de papier quadrillé plié en quatre. D'où sort-elle ? Elle examine le sac et aperçoit une poche dans le rabat, presque invisible.

Elle était là, mais depuis combien de temps ? Ce sac, elle l'a sorti de la cave où il végétait depuis des années. Elle sent que c'est important, elle se prépare, s'assieds sur son lit et la déplie avec délicatesse. Le papier est jauni et recouvert de poussière grise, elle a du mal à lire ce qui est écrit au crayon.

Elle file dans le bureau de son père absent où elle récupère une loupe.

Elle me décrypte mot à mot, va chercher son journal intime et transcrit mon contenu.

« Elena chérie, mon amour, je suis dans le refuge près du glacier où nous nous sommes aimés pour la première fois. Ça fait deux jours qu'ils me poursuivent, je suis épuisé.

Je ne pense pas m'en sortir vivant, tu dois savoir que je t'aime et que je t'ai aimé dès la première minute. Tu m'as annoncé que tu portais notre enfant, ton mari fera un excellent père pour lui. J'espère que ce sera une fille, ainsi elle te ressemblera, tu es si belle, rends là heureuse.

J'ai retrouvé les deux passeurs qui ont dépouillé et vendu les transfuges aux Allemands. Sur le chemin du retour, ils s'étaient perdus dans la montagne.

Ils ne nuiront plus, les crevasses sont devenues leur tombeau. J'ai mis autour de leur cou la liste des noms des braves juifs qu'ils ont dénoncés et qu'ils avaient sur eux.

Les Waffen SS ne les trouveront pas, mais si un jour le glacier les rejette, tous sauront quels lâches ils étaient.

J'ai pu accompagner quelques personnes en fuite jusqu'à la frontière, en revenant, c'est là que j'ai été pris en chasse.

Je ne peux garder la moindre lumière allumée, j'utilise mon briquet. Ils sont tout près, je dois me préparer à l'assaut final, au moins une douzaine de chasseurs alpins commandés par le Hauptmanstrumfuhër Mayer, je vais me défendre jusqu'au bout.

Je cache ce mot dans notre sac, puisque tu me l'as prêté, je pense que tu le trouveras. Adieu, je t'aime ».

Estelle reste ébahie par ce qu'elle vient de lire. Sa tête est près d'éclater, doit-elle rire ou pleurer. Elle a un père vivant et un autre qui est mort en héros, sa mère ne lui a jamais rien dit, c'était difficile pour elle. Son papa est-il au courant, tout se bouscule, elle ne sait pas ce qu'elle doit penser ou faire, sa mère aimait un autre homme en secret.

Doit-elle lui en parler ?

L'écriture est belle, on voit que les mots sont incomplets, écrits presque dans le noir, il a dû avoir si peur là-haut, tout seul, avant de mourir.

Elena n'a jamais parlé de lui. Elle comprend mieux le regard triste qu'elle avait eu, quand elle était rentrée tout à l'heure. Elle lui avait décrit, avec émotion, la montagne et les courses qu'elle y faisait, sa passion pour le glacier. Elle lui avait dit qu'elles iraient ensemble.

Elle garde cette lettre, n'en parle pas, mais voit le monde différemment. Elle mûrit si vite que tous autour ne parlent plus de la petite, mais de la jeune fille qu'elle est devenue.

Elles partent un jour toutes les deux, comme promis, dorment au refuge pour sa première randonnée sur le glacier. Juste une journée pour s'acclimater lui a dit Elena et on y redormira au retour. Estelle prend avec elle le sac, remet dans le rabat la lettre.

Elles passent une journée de rêve, il y a un ciel pur si profond, une glace si blanche avec des reflets bleus, elles sont éblouies par le paysage. Elle lui apprend toutes les subtilités des mouvements de la glace, les pièges à éviter, ce qu'il faut et ne pas faire, l'utilisation des crampons et du piolet.

Fatiguées, elles retournent au refuge. Elena allume le poêle pour la nuit et pour faire bouillir de l'eau. Elles se racontent leur journée, puis Estelle en prenant son sac dit « Tiens il y a un papier dans le rabat, qu'est-ce que c'est ? »

« La lettre », elle me présente à sa mère. Elena commence à me lire, blêmit, des larmes coulent de ses yeux. Estelle la prend dans ses bras et la console doucement.

— Je savais maman, je savais depuis que j'ai utilisé ce sac. C'est pour toi cette lettre, elle est à toi je suis heureuse de te la remettre, jusqu'ici, je n'avais pas osé.

— Tu sais ce qu'il y a dedans ?

— Oui, je l'ai lu et recopié pour bien la comprendre, tu m'en diras plus si tu veux. Peut-être pas maintenant, mais un jour, quand tu le pourras.

— Si, tu dois savoir ce qui s'est passé, tout sur ton vrai père.

Elena raconte, ses randonnées, sa vie sauvée, son amour commencé ici même. La passion et la guerre, le guide mobilisé dans les chasseurs alpins. La peur de chaque instant, la gentillesse du docteur. Plus de nouvelles, où est-il ? La demande en mariage du médecin, qui se concrétise immédiatement. Elle attend Henri. Puis il y a l'armistice et son fils Henri naît.

L'envahissement de la zone libre, les prisonniers relâchés peu à peu, le retour de Vincent. Elle recommence les courses en montagne, de temps en temps, quand elle peut. Lui reprend son travail de guide, elle est enceinte. Puis cette sombre histoire de passeur qu'il dénoue, mais il est pris, tué. On ramène au village sa dépouille et ses affaires, le sac prêté par Elena est mis à la cave.

Oui, Vincent est son père, oui elle l'aimait à la folie, oui elle en avait parlé au docteur. Il y avait Henri, les circonstances de l'occupation et cette fin tragique. Elle était née, fin de l'histoire, le docteur l'avait élevé comme sa fille, mais elle ressemblait tant à l'autre, ceux qui l'avaient connu, n'étaient pas dupes.

Elle l'écoute sans l'interrompre, attentive au moindre détail. Maintenant, elle sait ce qu'elle va faire. Elle a 15 ans, encore un peu de temps devant elle.

Elle va chercher et trouver. Le lendemain, elles redescendent, complices pour toujours.

Elle a dix-huit ans, aime les enfants, elle veut aller en Argentine l'été prochain, pour parfaire son espagnol. Elle sera fille au pair dans une famille à Buenos Aires.

Les parents cèdent, elle a tout organisé. Depuis trois ans, elle a mené ses recherches, écrit, trouvé l'association qui la guide. Elle ira au bout de sa quête. Elle part début juillet, elle a passé son bac sans difficulté, les résultats lui seront envoyés.

Là-bas, elle est accueillie par la famille, ils ont deux petits garçons turbulents, mais tellement drôles, à garder tous les après-midis. Le matin, elle va à l'Alliance française travailler la langue.

Elle se renseigne sur la géographie, sur les moyens d'accès à cette adresse et à ce nom. C'est une Estancia près de Mendoza dans les vignes à une bonne nuit de bus. Elle se prépare pour fin juillet, justement toute la famille va dans les montagnes skier une semaine. Elle ne souhaite pas les accompagner et ira vers une autre destination.

Seule dans la gare des cars, elle cherche un moyen pour s'y rendre, avise une agence de tourisme. Une visite du vignoble est prévue demain, veut-elle se joindre à eux ?

Elle passe la nuit dans l'auberge de jeunesse locale. Une joyeuse ambiance y règne. Il y a des rires, les bouteilles passent de main en main, on chante, les garçons courent après les filles. Certains du Nord et de l'Est de l'Europe, plus libérés, y trouvent leur compte. Estelle n'a qu'un objectif, et c'est demain. Que vat-elle dire ? Elle révise dans sa tête ce moment tant attendu, elle a presque toutes les questions et certaines réponses.

Elle arrive à l'Estancia après une trentaine de kilomètres sur des routes qui se terminent en piste, suit la visite, s'éclipse, se dirige vers les bureaux.

— Señor Ernesto, s'il vous plaît.

— Vous avez rendez-vous ?

— Qu'est-ce que c'est, Lucilla ?

— Une jeune fille française qui veut vous parler

— Faites-la entrer.

Estelle entre dans la pièce, derrière un vieux bureau de chêne massif se tient un vieillard recroquevillé sur son fauteuil.

— Que voulez-vous, mademoiselle ?

— Vous êtes bien Herr Mayer alias Ernesto, vous avez dirigé la section SS des chasseurs alpins en 1942 ?

— Je faisais mon travail.

— Je suis la fille du guide Vincent que vous avez assassiné.

— Je ne connais pas ce Vincent.

— Je voulais voir la tête de son bourreau et m'assurer de son châtiment.

Il vous connaissait lui, vous l'avez pourchassé pendant des jours comme si c'était un gibier, c'était un homme, dit-elle, les larmes aux yeux.

Vous m'avez privé de mon père. Je suis bien incapable de me venger, quoique j'en ai eu envie pendant des années. Dites au moins que vous le regrettez.

— Je suis mourant, mademoiselle, je vais bientôt y passer, je ne regrette rien de ma vie, mais je peux vous dédommager. Combien voulez-vous ?

— Croyez-vous que l'argent arrange tout ? Vous vous êtes enfui à l'étranger, on vous a recherché, je vous ai trouvé, on viendra vous arrêter. Il y a un mandat international contre vous pour crimes de guerre.

L'homme se tasse un peu plus, ce qu'il attendait depuis longtemps arrive. Il avait refait sa vie, avait recréé une famille, une entreprise.

Rien ne pouvait effacer les atrocités qu'il avait commises. Cette jeune fille lui en fait prendre conscience, une peur panique l'assaille soudain.

Elle quitte la pièce en lui jetant un regard définitif et glacial et lui dit :

« Vous n'avez plus qu'à mourir maintenant, sans miséricorde et sans rédemption possible ».

Il s'effondre sur lui-même…

Une partie du monde était restée dans l'ombre depuis le début du siècle. Pourtant elle portait l'histoire d'une civilisation plusieurs fois millénaire, d'inventions extraordinaires, d'une ingéniosité et d'une pensée importante. Elle allait réémerger à la fin de ce siècle.

Quand la chine…

Alain Peyrefitte ne se doutait pas que son livre paru en 1973 allait être aussi prophétique. Il rentrait d'un voyage d'études et avait découvert le formidable potentiel chinois, le dynamisme du pouvoir et de sa population.

Il écrira : « Se savoir autre, admettre les différences, ne prétendre à imposer sa façon d'être, ni copier celle des autres, c'est une sagesse à laquelle il devenu audacieux de s'inspirer ».

Lan Seu, à la barre de son sampan remonte le fleuve Yangtsé en tirant des bords contre le courant, il doit rejoindre cette anse plus calme où il pourra pêcher. Debout à l'avant sa compagne Li Na, coiffée de son chapeau pointu en paille de riz, un grand bambou tenu fermement à la main, surveille la navigation, prête à repousser une embarcation trop proche. Trois cormorans pêcheurs sont entravés sur le plat-bord, écartant leurs ailes au soleil à peine voilé. Il est encore tôt, ils sont partis à l'aube pour être sûrs d'avoir un bon emplacement. Ils s'approchent du rivage et aperçoivent sur le bord de l'eau une foule compacte s'exclamant à haute voix.

Ils écoutent ce qui se crie : « Le grand timonier va à l'eau, laissez-lui le passage ».

Nous sommes au printemps 1966, Mao Zedong va traverser le fleuve à la nage dans une opération de communication bien orchestrée devant les membres les plus influents du Parti communiste chinois et les caméras de la presse.

Lan Seu ancre son bateau le long de la berge et attend patiemment que la cérémonie se termine. Il pense à ses années d'université où il a tout appris de l'histoire de la Chine, de son passé millénaire et de la grande civilisation dont il est issu.

Il se remémore les étapes des dynasties depuis plus de trois mille ans : de celle des Shang qui ont inventé l'écriture à celle des Han qui ont introduit le Confucianisme en passant par le développement technique et agraire du pays grâce aux travaux d'irrigation du grand canal et aux barrages.

Les consolidations des grandes murailles avaient été entreprises pour se préserver des ennemis du Nord. L'installation de Pékin comme capitale, puis la création de ses palais impériaux et de la cité interdite par l'empereur Yongle

« fils du ciel » de la dynastie des Ming avaient été des grands moments dans l'histoire du pays.

Il se souvient aussi de la période de décadence, des deux guerres de l'opium, de la dernière dynastie des Qing qui s'était terminée par la création en 1912 de la République chinoise.

Il était fier d'appartenir à cette nation qui avait fait ces inventions : le compas qui leur avait permis de naviguer jusqu'au Moyen-Orient, le papier pour l'écriture, l'impression pour la reproduction, la poudre à canon pour la fête et la guerre.

Un formidable développement culturel, scientifique et marchand était advenu du XIVe au XVIIe siècle avec l'utilisation du bombyx du mûrier, la technique de la porcelaine fine, les forges, la création de la route de la soie, la communication vers l'Europe et Marco Polo.

Puis il y avait eu cette décadence due à l'opium cultivé en Inde par les compagnies anglaises et introduit en chine par le colonisateur. Son interdiction par le pouvoir en place avait provoqué les deux guerres de l'opium perdues et la cession de Hong Kong et d'autres ports aux pays d'Europe.

L'invasion japonaise de 1937 avait détruit la cohésion du pays, elle avait été retrouvée après la capitulation du japon.

Mao qui nageait devant lui, avait établi en 1949 la République populaire de Chine. Lan Seu pensa qu'il était enfant à cette époque et que c'était l'année de naissance de Li Na.

« Le grand bond en avant » avait été décrété en 1958 ce qui avait occasionné un carnage avec des millions de morts, il s'en était sorti en s'enrôlant à 15 ans. La réforme de la pensée, l'obligation du petit livre rouge, la destruction des religions et du Confucianisme avaient jeté un trouble terrible dans le pays qui avait alors connu : la plus grande famine de son histoire.

Lan Seu avait pu aller à l'université, mais la révolution culturelle avait chassé les intellectuels du parti. Il n'avait pas été envoyé dans un camp comme 500 000 de ses collègues dont certains s'étaient retrouvés balayeurs, lui était devenu pêcheur.

Ce qu'il voyait c'était le futur, au-delà de ces périodes mouvementées son pays deviendrait fort, il en était sûr. Ils avaient de grands guides, un système pour gérer de grandes masses. Le collectivisme et la mentalité allaient de pair, ils savaient compter, commercer, travailler, s'adapter, leur empire serait à nouveau au firmament.

Il rêvait sur son sampan de leur future puissance, d'immenses villes construites sur les bords des fleuves, de grands barrages, du retour de Hong Kong dans le pays et des autres enclaves en 1997.

Il devinait l'industrie et ses usines, le commerce et la recherche qui se seraient développés. Le système leur procurerait alors à tous : du travail, des logements, des infrastructures.

Il savait que les Occidentaux seraient alors à leur merci et qu'ils redeviendraient un des peuples les plus importants de la planète.

Quel serait son destin à lui ? Il pensait à l'enfant unique que portait Li Na qui verrait cette gloire. Le temps n'est rien se disait-il, l'instant passe et d'autres viennent vite, c'est le futur.

Il aimait ce passage où il était revenu près des choses essentielles, pêcher, se nourrir, habiter, croire en l'avenir.

Plus tard encore, ils iraient reprendre Taiwan et se poseraient sur la lune. Tout lui semblait possible avec une telle population ingénieuse et travailleuse.

Pour l'instant, il regardait le paysage et le chef du parti communiste traverser le Yangtsé d'une nage anachronique suivi de ses maîtres-nageurs et accompagné de barques sur lesquelles les journalistes étaient entassés.

À cette époque, il y avait peu de dirigeants dans le monde qui faisait autant de propagande et il sentait que la mise en scène était un peu grosse, mais nécessaire : revenir à la base, à la simplicité pour asseoir la vision de la révolution culturelle du peuple au pouvoir et l'épuration des élites.

Le groupe retourna vers la rive et se dispersa, Lan Seu, prit sa place dans l'anse qu'il avait choisie pour pêcher. Il resserra sur le cou des oiseaux les bagues pour les empêcher d'avaler, les libéra, ils s'envolèrent.

Ils firent de grands cercles au-dessus du fleuve puis soudain, un par un, repliant leurs ailes, fendirent l'air en piqué et plongèrent dans l'eau jaune.

La pêche allait être bonne, il pourrait nourrir la famille. Chaque jour, il y pensait. Déjà, il représentait les villages de pêcheurs du fleuve en aval, et avait une voix aux délibérations des comités populaires.

Demain, il pourrait adhérer au parti s'il était choisi et il ferait son chemin de la base vers le sommet. Seuls les résultats et l'expérience devaient compter, plus d'oligarchie, plus de passe-droit. S'en était fini de la prévarication ambiante qui avait conduit à la précédente catastrophe.

Ils étaient purs, pensait-il, encore un peu de temps pour que le peuple y adhère et avance dans cette croyance vers un avenir radieux :

« Le rêve chinois »

Slogan de Xi Jinping, quand il était passé de l'économie planifiée à l'économie de marché.

Un mouvement social, une révolution, un tournant dans les mœurs, comment qualifier les événements de mai 1968 ?

Micha

Marie-Charlotte de Montbriseau est le huitième enfant d'une famille de trois garçons et cinq filles dont deux jumelles. Dès sa naissance, ses frères et sœurs l'ont surnommée Micha.

C'est la dernière, elle est choyée par les plus âgés, mais elle écope de tous les vêtements rapiécés, les sous-vêtements hors d'âge, les chaussures éculées de ses sœurs. Bien heureusement, elle a de l'imagination et avec tous ces oripeaux elle confectionne des tenues tendance, malgré les cris horrifiés de sa mère :

« Marie-Charlotte, vous n'allez tout de même pas vous attifer comme cela ».

Elle descend la jupe trop courte sur sa demande, qu'elle remonte une fois sortie au-dehors.

Ils habitent dans le 16e un appartement immense à loyer modéré, loi de 1948, qui a pu à un certain moment accueillir jusqu'à 10 personnes sans compter la bonne et la jeune fille au pair.

Certes, son père travaille au ministère des Affaires étrangères, mais ce n'est pas facile pour joindre les deux bouts. D'autant plus qu'il a des parts dans le château familial qui tombe doucement en ruine.

Elle a vingt ans, est en deuxième année de psycho à la faculté de Nanterre. Déjà, les couloirs bruissent de revendications permanentes. Depuis 1967 déjà, les militants se dressaient contre les surveillants qui établissaient des listes noires d'agitateurs.

Micha est dans la mouvance, elle fait partie de toutes les revendications en réaction à son origine nobliau-bourgeoise.

Daniel Cohn-Bendit mène la danse, le mouvement du 22 mars est créé, la tour centrale de la faculté est occupée. La première des revendications est la libération d'un militant arrêté lors d'une manifestation contre la guerre du Vietnam à l'American Express avenue de l'Opéra.

Les autres concernent la libre circulation des filles et des garçons dans les cités universitaires, le droit aux libertés d'expressions et sexuelles.

Ses parents lui demandent ce qu'elle devient, car elle passe son temps à l'université, elle dort à la cité universitaire. Des débats et des commissions sont créés pour préparer la suite, la MNEF est noyautée et les textes circulent dans les milieux d'extrême gauche étudiante.

Il y a des liens avec les mouvements ouvriers et étudiants de Prague, de Varsovie, les libertaires italiens et hollandais.

C'est un mouvement qui se dresse contre l'impérialisme soviétique, contre le système communisme en Europe de l'Est et contre l'impérialisme américain.

Micha prend part aux commissions, manifeste, fabrique des banderoles, défile.

Elle fait partie des cinquante filles qui jettent leur culotte aux orties. Elle découvre la libération sexuelle et s'en donne à cœur joie.

Sa famille s'inquiète, elle les provoque. Ils sont outrés quand ils l'aperçoivent dans un cortège à la télévision.

Elle ne rentre plus chez elle. Un meeting dans la cour de la Sorbonne le 3 mai, vire à l'affrontement, 600 étudiants sont arrêtés par la police, dont Micha. Elle sera libérée le lendemain.

Au Quartier latin, les premières bagarres éclatent avec les forces de l'ordre.

La Sorbonne est assiégée.

« Répression policière », « Libérez nos camarades » sont les mots d'ordre. Le mouvement s'étend à un grand nombre d'universités.

L'après-midi même, cinq mille lycéens conduits par Romain Goupil manifestent place Denfert Rochereau, la jonction avec les étudiants fait monter le nombre à 10 000 puis 20 000. « Tous des enragés, libérez la Sorbonne ».

De Denfert à la Santé, puis du boulevard Saint-Germain à la rue Gay-Lussac, la nuit va être longue. Des amoncellements hétéroclites sont entassés comme lors de la commune de 1871, les rues sont dépavées, les pierres sont autant de projectiles.

Vieux meubles, grilles d'arbre, panneaux d'affichage servent à construire des barricades dans une atmosphère de joie, de liberté, de fête.

« Tout devenait simple et facile, les barricades n'étaient plus seulement un moyen d'autodéfense. Elles devenaient le symbole d'une certaine liberté. C'est pour cela que cette nuit du 10 au 11 mai restera inoubliable pour ceux qui y étaient », écrira Cohn Bendit.

Partout dans le Quartier latin se montent des montagnes de débris provenant de chantiers ou de caves de riverains : rue Saint-Jacques, rue Royer-Collard, rue Claude Bernard… Elles se comptent par dizaines.

Elles sont consolidées avec des parpaings, des planches, des palissades, du fil de fer, provenant des chantiers voisins. Micha est prête au combat.

Les leaders du mouvement : « Sauvageot et Geismar » devaient débattre à la télévision en direct avec le préfet de police et le recteur de l'académie.

L'émission est supprimée. Les radios périphériques prennent le relais,

Cohn-Bendit tente de négocier la libération des étudiants emprisonnés et l'évacuation de la police du Quartier latin. Rien n'y fait, le mot d'ordre est lancé : « Occupation du Quartier latin coûte que coûte ».

Micha s'affaire rue Gay-Lussac, elle porte les pavés, donne à boire, crie les slogans, soigne les premiers blessés, distribue les colis de nourriture fournis par certains habitants.

À deux heures du matin, la police commence à charger dans un tumulte de grenades lacrymogènes, de cocktails Molotov, de pavés jetés sur les assaillants. Les barricades gorgées d'essence prennent feu. Les voitures sont retournées et incendiées, un brouillard épais couvre le quartier, un combat s'engage qui dure toute la nuit, le bilan sera lourd : 367 blessés recensés.

Des grenades et des fusées sont tirées dans les fenêtres ouvertes des riverains.

« CRS SS, De Gaulle assassin », les mots sont forts cette nuit-là, les Parisiens soutiennent le mouvement.

5 h 30 au petit matin les étudiants sont dispersés, les lycéens rentrent chez eux, les yeux rougis par la nuit et les gaz, mais l'opinion publique a basculé en écoutant la radio. En premier, l'Humanité puis les autres journaux dans leur édition de la journée dénoncent la violence de la répression policière, 480 personnes sont interpellées, Micha pour la deuxième fois est en prison.

Le pouvoir en place ne se rend pas compte de la situation, Pompidou le 11 mai tente un discours d'apaisement, mais la nuit des barricades fait basculer la France dans la grève générale. La répression a été terriblement violente.

Le jeudi 13 mai, après l'exhortation des leaders étudiants sur Europe1 aux syndicats et aux partis de gauche à se joindre au mouvement et à enclencher une grève générale, une manifestation monstre submerge la capitale.

Micha est libérée, ses parents inquiets ont fait intervenir le quai d'Orsay, elle en sera d'autant plus furieuse quand elle l'apprendra.

Elle défile de la gare du Nord à Denfert au milieu d'un million de manifestants. La jonction étudiante, ouvrière, enseignante, impensable quelques jours auparavant, se fait derrière les banderoles réclamant le départ du Général.

La Sorbonne est rouverte, les policiers ont disparu du Quartier latin, les étudiants sont relâchés, mais c'est déjà trop tard.

La fin de la journée voit la dissolution de l'amalgame, la CGT, le parti communiste et les chefs de la révolte s'affrontent verbalement. Les étudiants se dirigent vers le champ de Mars puis vers la Sorbonne qu'ils investissent et qu'ils déclarent dans une atmosphère d'allégresse : « Libre et forum permanent autonome ».

Le 15 mai, le théâtre de l'Odéon est occupé, J. L. Barrault, son directeur se limoge lui-même se disant mort, mais toujours vivant, les étudiants réclament « L'imagination au pouvoir », un comité « Tribune libre » est créé.

Micha s'installe là avec ses camarades jusqu'à la fin du mois dans ce laboratoire d'idées.

La régie Renault se met en grève illimitée le 16 mai. Plus de 10 millions de travailleurs suivront le mouvement mettant la France à l'arrêt le 24 mai. Même l'ORTF, instrument de l'état, réclame l'objectivité des informations. De Gaulle rentre à Paris le 18 mai, mais le pouvoir semble impuissant, le 24 il annonce : « la réforme oui, la chienlit non » et un referendum sur la participation dans une totale indifférence.

La contestation s'empare alors de tous les milieux : Universitaires, Artistiques, Syndicalistes, Recherche, Littéraires, Droits, et même de l'Église.

Les mots d'ordre autonomie, cogestion, démocratie directe fleurissent avec des slogans les plus imaginatifs écrits en graffitis sur les murs et les affiches. Micha et ses amis parcourent de nuit la Capitale pour les inscrire.

Le slogan « Sous les pavés, la plage » montre bien le désir d'en finir et de pouvoir disposer de la liberté nouvelle, dès l'été qui arrive.

Une immense interrogation sur le sens de la vie, de l'art, de la politique, surgit partout. Le pouvoir lui-même se remet en question.

« Rien ne sera jamais plus comme avant », dit Pompidou.

Les syndicats de gauche et le parti communiste se désolidarisent de cette volonté d'abattre la société de consommation, cherchant plutôt à obtenir des avantages supplémentaires et des augmentations de salaire.

Lors des accords de Grenelle, Pompidou obtient des concessions importantes. Une hausse du SMIG de 35 % et celle des autres salaires de 10 % sera faite. La reconnaissance des sections syndicales des entreprises et la diminution du ticket modérateur de la sécurité sociale seront effectives. Le paiement partiel des heures de grève, la réduction d'une heure de la durée légale du travail, la formation du personnel seront à la charge du patronat. La revalorisation de la retraite des travailleurs sera prise en charge par les organismes paritaires.

Ce qui en rien ne convient aux éléments révolutionnaires.

La situation est bloquée le 27 mai, une nouvelle manifestation étudiante s'ensuit à Charléty. Le 28 mai, Mendes-France, puis Mitterrand prennent la parole dénonçant la vacance du pouvoir, proposant leur candidature à une nouvelle élection présidentielle. Les communistes demandent un « Gouvernement provisoire populaire ». Le 29 mai, le Général part voir secrètement Massu à Baden-Baden, est-il allé s'assurer du soutien de l'armée en cas d'insurrection générale ?

La majorité silencieuse, gênée par les grèves, le manque d'approvisionnement, des transports, la fermeture des banques commence à s'irriter et se retourner contre la brutalité des mouvements.

De Gaulle en profite pour revenir sur le devant de la scène le 30 mai : arrêt du referendum, dissolution de l'Assemblée nationale, nouvelles élections législatives, sur un ton énergique le Général convainc le pays.

Une imposante foule d'un million de personnes remonte les Champs Élysées réclamant le retour au calme :

Les banderoles « Pompidou avec nous, Cohn-Bendit go home » tenues par de ravissantes étudiantes sur les épaules de porteurs bénévoles, font la une de Paris Match et de Life magazine.

Après un mois de grèves et d'agitations, le calme revient enfin, la vie économique reprend. Mais les acquis de liberté et les mouvements de société sont enclenchés, sur le plan artistique, social et vie des entreprises. Ce fut ce début d'une nouvelle ère. : la pilule et l'avortement favorisent la libération sexuelle. La représentation syndicale, les horaires de travail et les relations internes dans les entreprises changent. L'expression artistique évolue, la représentation théâtrale voit arriver des phénomènes comme « Hair », de nouveaux peintres émergent.

Puis apparaissent les phénomènes Woodstock, les babas cool ; de nouvelles musiques surgissent, les hippies proclament un nouveau mode de vie en communauté, qui vont faire évoluer la société.

Micha fut reçue sans problème à ses examens qu'elle n'avait pas passés. Au grand dam de ses parents, elle vécut son été dans une communauté libertaire sur l'île de Wight, puis repris sa vie d'étudiante. La droite parlementaire revint au pouvoir plus forte. Au referendum sur la décentralisation, le Général échoua et démissionna. Pompidou lui succéda.

Comment qualifier cet exploit, incroyable, phénoménal, gigantesque, les américains diraient « Amazing ». Vécu en direct sur nos petits écrans noir et blanc dans une nuit de juillet, il reste incontournable.

Un homme sur ma lune

Image Nasa

Moi Gaïa, je suis là depuis plus 4,5 milliards d'année à tourner autour de l'astre qui m'a donné naissance. Certes, j'ai changé depuis mon agrégation de matières dans le disque protoplanétaire qui fut mon origine.

Dans ces collisions gigantesques, dans cette chaleur de fournaise, je pris forme et ma révolution annuelle comme boule de feu commença.

Peu de temps après, « Théia » un bolide venu d'ailleurs me percuta violemment, s'enfonça au plus profond de mes entrailles et éjecta sur mon orbite une immense quantité de roches. Peu à peu, elles se rassemblèrent pour former ma compagne de route « La Lune ».

Des milliards d'années après, une fois que mes océans furent formés, que la vie commença à émerger, ma Lune servit de repère aux animaux terrestres et institua le rythme des marées. Son cycle décomposa ma rotation annuelle autour du soleil en 12 lunaisons éclairées différemment du début à la fin des mois.

L'équilibre planétaire étant trouvé, la vie se développa en plusieurs étapes, mais des événements violents vinrent la contrarier. Pas moins de cinq extinctions de masse se produisirent envoyant mes animaux à l'état de squelettes. Bombardements cosmiques, mouvements des plaques tectoniques et volcanismes secouèrent des générations d'herbivores, de carnivores, d'oiseaux et de poissons.

Un grand brassage des espèces et l'évolution firent apparaître sur terre un être étrange, descendant des arbres, juché sur deux pattes, omnivore et voyageur.

L'Homo Erectus prit possession de mon sol succédant à Habilis, se répandant partout pendant deux millions d'années. Il inventa le biface, le feu, l'art pariétal et sans doute développa les premières croyances mystiques. Rapide à la course et endurant il pratiquait la chasse à la course ou en battues.

Il y a plus de 300 000 ans émergèrent ses successeurs, Neandertal d'abord, Sapiens après. Déjà l'étude des étoiles, de mes cycles et ceux de ma Lune introduisirent dans leur esprit les notions de saisons, les moments favorables pour les cueillettes et le gibier.

Seul Sapiens résista au temps, jusqu'à sa sédentarisation par l'agriculture.

Pendant 10 000 ans, il développa toutes les techniques liées au métal, à l'eau, à la pêche, aux plantes, construisit des armes pour attaquer et se défendre, introduisit le commerce et l'industrie. Il apprit à compter pour mesurer et échanger les marchandises, créa la monnaie.

Ces derniers 5000 ans virent des civilisations apparaître et disparaître sur les différents continents Europe, Asie, Amériques, Afrique. Après le début des signes écrits, la mémoire ne s'effaça plus, elle se cumula, les différentes sciences d'observation et les inventions se développèrent.

Ma Lune fut alors l'objet de tant d'attention, elle avait une influence sur les femmes et leur cycle, sur les animaux, sur les saisons, sur la mer. Le poète s'en saisit, les écrivains rêvèrent d'y aller en voyage, des nations en firent leur sigle.

Elle avait sur moi une influence intime, car notre course, ma vitesse de rotation, mon inclinaison et mes saisons étaient dépendants de notre équilibre.

Je la rassurais et elle me suivait fidèlement, pour moi elle était mystérieuse, me montrant toujours qu'une seule face. Je me demandais toujours ce qu'il y avait de l'autre côté. Ça viendra bien un jour, me disais-je.

Puis il y eut mon ami Pierrot, Jules Verne et Hergé : ils développèrent l'idée d'une conquête.

Nul ne savait au début du 20e siècle combien d'efforts et de connaissances technologiques il fallait pour s'y rendre. Les savants calculaient la vitesse de libération, la distance et la puissance nécessaire pour y parvenir, les lois de Keppler et de Newton en étaient les clés.

Von Braun, récupéré d'Allemagne après ses V2, développa le programme de fusée des USA, de leur côté les Russes dans leur grande course à la technologie s'élancèrent dans un vaste plan qui leur permit d'être les premiers à mettre sur orbite un satellite, puis un homme : Youri Gagarine.

La course était lancée, elle fut « boostée » par le président JF. Kennedy avec la Nasa. Pour rattraper leur retard, les USA mirent au point le programme Apollo. La course vers ma lune était ouverte.

Commencé en 1961, ce projet évolua pendant 15 ans.

Il y eut le premier drame de l'histoire de sa conquête avec le décès à terre de trois astronautes Grissom, White et Chaffee. Les missions 4,5 et 6 permirent de sécuriser les tirs, avant d'aller plus loin avec les lanceurs Saturn V munis de 11 moteurs et pesant 3000 tonnes au décollage.

Les missions suivantes expérimentèrent les différents modules en orbite autour de moi.

Finalement, Apollo 11 avec à son bord Neil Armstrong et Buzz Aldrin alunit sur la mer de la Tranquillité le 21 juillet 1969 devant des milliards de téléspectateurs ébahis.

La célèbre phrase prononcée par Armstrong :

« C'est un petit pas pour un homme, mais un grand pas pour l'humanité » restera à jamais gravé dans ma mémoire. Sapiens avait franchi les bornes de l'espace pour conquérir la surface de ma Lune, encore vierge.

Cinq autres missions Apollo se posèrent sur mon satellite, mais mon côté obscur restait inviolé.

Le danger de ces expéditions, les budgets colossaux engagés ralentirent cette course effrénée. L'accident en vol d'Apollo 13, et le drame qui fut évité de justesse, refroidit les ardeurs. Depuis

Apollo 17 et la balade de 38 km de Schmitt et Cernan dans leur Rover, aucun autre homme ne foula le sol de ma compagne.

Il a fallu attendre encore quarante-sept ans pour qu'un robot chinois découvre sa face cachée. Un programme humain devrait l'explorer dans les prochaines décennies.

Ma Lune colonie des terriens ? Mais il n'y a pas d'eau, pas d'air, les météorites tombent directement sur le sol sans être freinés par l'atmosphère, le bombardement de rayons cosmiques est incessant, le son ne se propage pas, il y a de la poussière partout, mais que vont-ils y faire ?

Peut-être un relais vers des conquêtes plus lointaines, ils visent tous Mars, c'est dans l'air comme on dit. Les Russes, les Chinois, les Américains et les Européens sont engagés dans une nouvelle course folle à l'espace, les dangers sont terribles et c'est tellement plus loin.

Rien n'arrête Sapiens…

La redécouverte du Maroc dans les années 70 par des visiteurs avertis n'était pas sans danger, mais le pays est si beau…

Caravane marocaine

Mon premier contact avec le sol chérifien eut lieu le 10 juillet 1971, jour de l'attentat. J'y venais en mission de conseil en informatique. Le royaume sortait de son système bureaucratique pour aller vers des technologies plus modernes.

Le Roi fêtait son 42e anniversaire dans le camp de Skhirat, un millier d'hôtes étaient venus du monde entier, répartis dans des tentes Caïdales, quand l'attentat eut lieu. L'affaire échoua, Hassan s'en tira sain et sauf, le général Medbouh fut exposé dans tout Rabat sur une charrette, suspendu à des crochets de boucher, avec inscrit sur un écriteau au-dessus de sa tête

« Voici ce qui arrive aux traîtres ».

Un avertissement qui ne fut pas entendu par le général Oufkir qui réédita une tentative 13 mois plus tard, essayant de faire mitrailler l'avion royal durant son approche de l'aéroport. On sait ce qu'il adviendra de lui et de ses comparses.

Je venais préparer mon arrivée en septembre et ma première intervention. J'avais tout de suite aimé l'ambiance de ce pays. Très vite, je m'étais perdu dans les médinas, jeu d'ombres et de lumières, avec des clairs-obscurs étonnants au milieu des échoppes des marchands souriants et accueillants.

L'hôtel de la tour Hassan était mon refuge, je travaillais et je visitais les tombeaux royaux, les remparts du palais royal, le mausolée, la casbah des Oudaias.

Cette partie de la mission remplie, retour à Paris où m'attendait le séisme de mon couple. Le raccommodage n'était pas simple. J'avais accepté une première période de six mois à Rabat, elle me suivit avec les enfants là-bas, mais cela ne dura que trois mois ils rentrèrent à Paris, je restais, c'était définitif.

Je m'appelle Philippe, j'ai 30 ans, je travaille pour une grande société en informatique, tout irait pour le mieux si l'incompatibilité ne s'était pas installée entre ma femme et moi. Mariée trop jeune, elle voulait découvrir le monde et d'autres hommes.

Quand Philippe rentre pour un aller-retour au siège, il rencontre Karine qu'il n'avait pas vue depuis un an. Il l'emmène déjeuner, elle lui raconte qu'elle s'était mariée avec le fils d'un client. Elle ne semble pas heureuse, il lui décrit ses déboires. Elle le regarde avec insistance, ses jolis yeux bleus frisent, sa fossette, son ravissant visage encadré d'un casque de cheveux dorés le font craquer et puis elle si attentive. Il lui prend la main, elle hésite à la retirer, se penche en avant et il l'embrasse, ils finissent à l'hôtel du coin de la rue, submergé de bonheur. Désir charnel, surprise des corps, douceur de sa peau, sa bouche en cœur qui embrasse son corps, l'harmonie, c'était parfait.

« Ne crois pas que… »

« Je ne crois rien, je suis heureux en ce moment, ça fait longtemps, ça me suffit : juste être avec toi. »

Elle n'a pas d'enfant, elle n'aime pas vraiment cet homme rude, vulgaire et brutal, qui l'a conquise jusqu'au mariage.

Il repart à Rabat, elle s'évade, plaque tout et le rejoint une semaine plus tard. Il la prend chez lui, l'installe. Elle adopte Rabat et ils vont à chaque moment libre en expédition. Son correspondant, fils d'un ancien ministre de Mohamed V, l'introduit partout où il faut pour développer sa mission : informatiser le Crédit Agricole, puis le Trésor public.

Ils ont de longs week-ends à Volubilis, à Meknès. La ville impériale de Fez, ses remparts, sa médina et ses milliers d'artisans accueille leurs amours. Ils dorment dans la chambre de la princesse au Palais Jamaï, visitent les souks odorants des teinturiers, des ferronniers, des tapis…

Tout n'est que découvertes, enchantements, odeurs et couleurs. Les ruelles sont si étroites qu'on se frôle, on s'excuse, on s'y perd, on tourne en rond, c'est un jeu…

Il avait repéré à Rabat un petit palais à vendre, l'avait visité et discuté avec les propriétaires. Impossible pour eux de faire les réparations. Ils aimeraient rester dans l'annexe, pour surveiller les travaux, s'il l'achète.

Le prix est raisonnable, le montant des travaux est important, mais il a découvert sous les plâtres des merveilles de zellige, des tapis de mosaïques sous la terre de l'atrium, les dessins d'arabesques sur les colonnades, la fontaine de la cour intérieure est réparable, ça prendra au moins un an. Il obtient le crédit nécessaire et l'achète.

Ils vont à Marrakech : La place Jemaa el-Fna, est livrée aux charmeurs de serpents, aux conteurs, aux avaleurs de feu et de sabre, peu de touristes rien que de la couleur locale. L'ambiance de fin de soirée au coucher du soleil, leur permet de découvrir la vue imprenable depuis la terrasse du Café français. Ils ont visité les souks à la recherche des premiers objets pour meubler le petit palais qu'ils viennent d'acquérir.

Pour les vacances, ils retournent à Paris. Leurs affaires de divorce à régler, aller voir ses enfants, meeting avec le siège, revoir la salle des ordinateurs de Neuilly où ils s'étaient rencontrés la première fois quand elle travaillait pour cette célèbre marque. Une remarque de son boss sur le fait de frayer avec la femme d'un client lui fait découvrir que l'indépendance a du bon, il y songeait depuis un moment, il saisira l'opportunité.

Retour à Rabat avec un peu de vague à l'âme, sur les événements de Paris. Un grand Moussem les attend dans le sud à Erfoud. La fête dure trois jours, il y rencontre le ministre de l'Intérieur à qui il fait une proposition. Il lui fixe un rendez-vous pour en débattre.

Un hectare de tapis est disposé sur la grande place, les tentes berbères installées sur trois côtés. Sur le quatrième côté se produisent, les unes après les autres, accompagnés de musiciens, les troupes de danseurs de chaque tribu du désert. Ils mangent à même la table, avec leurs doigts, les méchouis servis dans de grands plats en étain. Ils logent au Grand Hôtel du Sud avec une vue panoramique sur le désert tout proche.

Le dernier jour, une grande Fantasia bruyante est organisée : chevaux, chameaux, cris et tirs de fusils. Ils font un saut jusqu'à

Rissani pour voir le tombeau du Saint et la pancarte annonçant « Tombouctou 90 jours de chameau ».

De retour à Rabat, Karine s'occupe activement de suivre les travaux et de rechercher les éléments décoratifs. Ils ne savent pas ce qu'ils vont faire après la fin de sa mission, encore cinq mois, retour à Paris ?

Son rendez-vous avec le ministre se déroule bien, il lui explique que l'informatisation progressive des services de l'État posera très vite le sujet de la sécurisation des données, il faut un spécialiste pour coordonner cette évolution.

Il connaît déjà deux grands services dont il avait fait l'analyse de systèmes. Il peut continuer pour tous les autres, sans dépendre d'aucune société extérieure. Il sera indépendant, rattaché à son ministère.

Il en parlera au Roi et le contactera, conclut le ministre.

Ils vont jusqu'à Taroudannt au mythique Hôtel de la Gazelle d'or où tant de têtes couronnées, de stars du cinéma, d'écrivains, de grands hommes politiques ont dormi.

Ils profitent du coucher de soleil sur la plaine du Souss en dégustant un cocktail « Old fashion » au gin et il fume, comme Churchill l'avait fait là, un de ses havanes.

Ici même, un célèbre écrivain américain avait emmené, à la pleine lune, cette grande star hollywoodienne se baigner nue dans la piscine. Réveillés par ses cris, les clients avaient assisté depuis leur chambre aux moindres détails de l'action :

« Du vrai cinéma ».

Essaouira, la Mogador portugaise leur tend les bras avec son port, ses poissons et ses crustacés, sa vieille ville, ses remparts et son histoire.

Ils vont à la plage proche, se font rouler par les vagues de l'Atlantique avant de retourner à leurs affaires.

La mission touche à sa fin, il doit retourner à Paris pour savoir ce qui va se passer après. Karine reste pendant cette semaine-là avec ses amis J…, si aimables et serviables. Asdin le prend à part :

« Ton affaire avec le Ministère est en route, je crois que tu peux négocier, le roi est d'accord. »

Il va au siège, on lui fait la proposition de rester à Casablanca comme directeur technique. Pas de précisions sur les conditions ni sur son futur patron. Il leur demande un temps de réflexion. La mission ne s'achève que dans un mois.

De retour, il est convoqué par le ministre :

« Nous sommes d'accord sur le principe, faites-nous une offre d'honoraires et les éléments d'un contrat d'un an renouvelable tacitement. Nous savons qu'ils vous ont fait une proposition pour rester à Casablanca, nous tenons à ce que ce poste soit indépendant sous l'égide de la sécurité intérieure.

Reste un point important vous devrez rencontrer Sa Majesté, lundi à sa partie de Golf au royal golf de Marrakech, car c'est lui qui signera le contrat, vous devrez lui plaire ».

Philippe, en suivant la partie de Johnny Miller, l'avait aperçu à l'inauguration du nouveau parcours de golf de Rabat le « Dar Es Salaam » imaginé par Trent Jones. Miller avait gagné la compétition et avait reçu le trophée des mains du Roi.

Il faut qu'ils se mettent aussi au golf !

Ils sont fous de joie, rester à Rabat, vivre dans leur petit palais, travailler en indépendant, même sous le contrôle de l'état. Ce pays qui les a réunis, ils y habiteront.

« Je signe et je t'épouse, si tu le veux bien, le jour de l'inauguration, qu'en penses-tu ? »

Elle fond en larme dans ses bras et lui répond :

« Avant ou après la naissance ? »

« Parce que tu es ? »

Ils partent trois jours dans le désert sur la grande dune de Merzouga à dos de chameau. Ils couchent sous la tente, chaque nuit, ils sont côte à côte, les yeux plongés dans les étoiles jusqu'à ce qu'ils s'endorment enlacés.

C'est là qu'ils furent enlevés par le Front Polisario. Ils furent restitués contre une forte rançon à la France, un an plus tard, qui les rapatria, usés psychologiquement et amaigris.

Ils s'installèrent dans un airial au milieu des pins des landes. Le palais de Rabat, jamais habité, fut vendu.

En 1989, l'effondrement du système soviétique commença vraiment avec la chute du mur de Berlin. Un événement historique vécu en direct sur nos TV.

Murs

Murs infranchissables, murs de la honte, emmurés, entre quatre murs, la grande muraille, le mur d'Hadrien, murs de forteresse, murs des châteaux forts. Il y a aussi tant de murs possibles dans l'esprit de l'homme, il peut construire un mur virtuel autour de lui, ne plus communiquer ou créer le mur de l'indifférence. Certains resteront en fonction un moment, mais le temps fait son œuvre, l'érosion aussi.

Il faut les entretenir, avoir une raison de le faire, sinon l'inutilité prend le dessus, des changements s'opèrent et ils finissent par se lézarder.

Comment emmurer quelqu'un toute une vie, comment se renfermer sur soi-même pour toujours ? Est-il nécessaire de rendre imperméable le contact entre les hommes, les cultures, le commerce, les systèmes politiques ? La peur est la première motivation !

Enfermer un criminel pour qu'il ne nuise plus, plutôt que de le faire travailler pour la communauté. Empêcher les Pictes de pénétrer en Angleterre, les Mongols d'entrer en Chine, soi-même se protéger de l'agression des autres sont des réflexes de peur.

Le mur de Berlin a été édifié pour empêcher les Berlinois de l'Est de passer à l'Ouest et à ceux de l'Ouest de leur fournir des raisons de croire que la vie était meilleure chez eux. La peur de contaminer le système politique de l'URSS, c'était avouer sa faiblesse, car il s'effondrait petit à petit.

Lors de la révolution russe en 1917, les rouges vinrent à bout des blancs et le socialisme prit le pas sur la toute-puissance des régimes tsaristes.

Les bolcheviks devinrent les nouveaux maîtres du Kremlin, le parti dictait aux populations ses règles de vie, ses façons de penser. On partagea les terres, tout le monde devint pauvre. Les magasins centraux étaient vides, on avait du mal à trouver de la nourriture et des fournitures. L'industrie était planifiée pour servir la gloire du socialisme, l'agriculture passa aussi dans le plan et changea de nature.

Les opposants étaient enfermés dans les Goulags, les disparitions étaient nombreuses, les cerveaux étaient rééduqués. 24 millions de citoyens périrent dans les camps.

Vint la guerre, signé en 1939 le pacte germano-soviétique vola en éclats fin 1940. Staline fut finalement du côté des vainqueurs. Ses troupes arrivèrent à Berlin en même temps que celles des alliés.

Les accords de Yalta établirent le partage du monde. Des républiques soviétiques étaient instaurées en Ukraine, en Bulgarie, en Hongrie, en Tchécoslovaquie, en Pologne et dans une partie de l'Allemagne. Berlin était isolé au milieu du territoire d'Allemagne de l'Est. Une autoroute et un pont aérien reliaient Berlin-Ouest au monde occidental. Les « Vopos » gardaient la frontière entre Berlin-Est et l'Ouest.

Il y eut la crise de Suez et la chaussure de Khrouchtchev frappée sur le pupitre à la tribune de l'ONU menaçant de détruire Paris et Londres.

Il y eut l'invasion de la Hongrie après la révolte de Budapest, l'intervention des chars russes à Prague. Avec l'instauration de la guerre froide, les menaces nucléaires furent suivies par la course aux armements.

L'URSS s'isola derrière le rideau de fer. De nombreux citoyens de Berlin-Est firent défection et fuirent vers l'Ouest. Le pouvoir central de RDA en 1961 décida alors de construire un mur coupant Berlin en deux. Il fut surnommé « Le mur de la honte ».

Gardé 24 heures sur 24 par des soldats qui n'hésitaient pas à tirer sur les fuyards, la double enceinte, surmonté de miradors et de fils de fer barbelés était particulièrement difficile à franchir. Le seul lieu de passage « Checkpoint Charlie » était sous contrôle permanent et les visas devaient être parfaitement justifiés d'un côté comme de l'autre.

La tension fut au maximum lors de l'affaire de Cuba, où l'URSS et les États-Unis furent à deux doigts de s'affronter, provoquant le blocus de l'île.

Le mur résista 28 ans. Le régime en URSS ruiné par le blocus, la course à l'espace et aux armements, s'effondrait de l'intérieur. La Pologne dans ses chantiers navals réclamait la réforme, les

Républiques se secouaient du joug soviétique. La répression et les grands idéologues disparaissaient, Gorbatchev institua la Pérestroïka et la Glasnost (restructuration et transparence).

Maintenues trop longtemps sous la férule de l'impérialisme central soviétique les populations se réveillèrent. En novembre 1989, les Berlinois de l'Est, bientôt suivis par ceux de l'Ouest, dans une incroyable soirée, entamèrent la destruction du Mur à la porte de Brandebourg.

La musique, les flambeaux, les pelleteuses, une incroyable liesse s'empara de tout le monde, on chanta, on dansa, on s'embrassa, ce fut une semaine de joie. Les journalistes se précipitèrent et sur toutes les TV du monde on vit le symbole de la soviétisation s'effondrer, les soldats se mêlèrent à la fête faute d'instruction de leur gouvernement disparu dans la tempête.

Averties, les personnalités du monde entier se précipitèrent à Berlin, participèrent à la destruction du mur.

Chacun en voulait un morceau, en quelques jours le mur fut entièrement déblayé. Deux ans après, le gouvernement ouest-allemand avec l'accord de l'Union européenne entamait le chemin de la réunification.

Quand je regarde sur mon bureau ce bout de parpaing tagué, je pense à ces millions d'êtres humains sacrifiés par des régimes sans foi voulant imposer leur idéologie, leur pouvoir.

Le vingtième siècle en a connu de trop nombreux, espérons que ça cesse, mais aujourd'hui on retrouve les mêmes schémas dans les idées des extrémistes politiques ou religieux, ainsi construit-on déjà des murs contre l'immigration !

Nous n'oublions pas que la France s'est enrichie de plusieurs départements, beaucoup sont de vraies merveilles à découvrir. Malgré leurs difficultés, il faut comprendre qu'ils nous apportent ces nouveaux brins de multiculturalisme qui se réunissent dans une nation. Nous étions Bretons, Gascons, Provençaux, Alsaciens ou Savoyards maintenant nous sommes aussi Guadeloupéens, Martiniquais, Réunionnais...

L'île

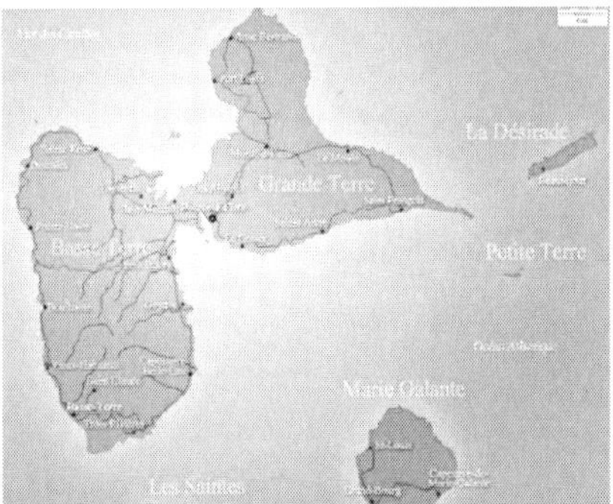

Je suis née il y a environ 55 millions d'années, la plaque caraïbe s'enfonçait sous celle de l'Atlantique, provoquant des séismes, du volcanisme, et l'archipel se formait. Mais ma vraie naissance comme île particulière par sa géographie date de 100 000 ans. Des éruptions successives formèrent le grand volcan, rapprochèrent les deux parties des terres séparées maintenant par la rivière

Salée, je pris alors ma forme actuelle de papillon. Mon sommet, le plus haut de l'arc antillais, est toujours actif.

Je plonge d'un côté dans la mer caraïbe, de l'autre sur le canal vers l'océan Atlantique. Je suis la plus grande de l'archipel. Mes sœurs, les Saintes, la Désirade, Marie Galante, petite Terre, m'accompagnent dans ma course sur l'eau. Mon nom m'a été donné par des peuplades venant d'île en île du continent américain : « L'île aux belles eaux », « Karukéra ».

Ceux qui sont venus plus tard avec Colomb se sont confrontés avec les habitants et m'ont rebaptisé « Guadalupe » en l'honneur d'une de leurs Saintes, puis sont repartis à la recherche de l'or ailleurs. Ce n'est que plus tard que les Français et les Anglais se battirent pour ma possession.

C'est vrai je suis très attrayante, ma température est agréable en hiver, chaude en été, ma terre est bonne pour la culture, j'ai de magnifiques plages de sable blond ou noir. Il y a de l'eau en permanence grâce au volcan qui capte les nuages, mes chutes du Carbet sur près de trois cents mètres en trois paliers sont les plus hautes des Antilles. J'ai des sources chaudes bienfaitrices, mes fonds de coraux rengorgent de poissons multicolores, ma forêt abrite des arbres à pain, à fruits, des feuilles comestibles. Mais de temps en temps, ma Soufrière éternue, ma terre tremble, des ouragans monstrueux s'abattent sur mes flancs et des raz de marée submergent mes rives.

Elle sort de mes eaux turquoise, telle une sirène, un sourire éclatant aux lèvres, de longs cheveux bruns mouillés couvrent ses épaules, son dos et sa poitrine.

Elle tient à la main un harpon en os piqué dans un beau poisson-perroquet multicolore, elle est ceinte d'un cordon de liane où pendent plusieurs proies pêchées. Elle est nue et les gouttelettes qui coulent sur sa peau cuivrée brillent comme mille perles au soleil. Seule sa petite toison drue, teintée de pigments colorés jaune et rouge, l'habille.

Elle s'appelle Oyo Ya, elle a quinze ans, elle habite ce village de pécheur, qui a été surnommé Santa Rosa par les Espagnols, elle ramène la pêche du jour pour nourrir sa famille. Elle tend les poissons à son père qui lui renvoie un grognement de satisfaction, elle se tourne vers l'eau pour se rincer et s'ébrouer. Elle regarde au loin et aperçoit un grand objet blanc et rond qui se déplace sur la mer.

Elle interroge l'ancêtre qui regarde dans la même direction.

« Des hommes blancs qui chevauchent de grands animaux à quatre pattes. Ils naviguent sur de longs bateaux de bois poussés par des tissages qui se gonflent dans le vent », lui répond-il.

« Il y a bien des lunes qu'ils ne sont pas venus, bien avant que tu naisses. »

« Arrivent-ils ici ? » dit-elle, émoustillée par cette nouveauté.

« Sans doute pour l'eau et les provisions, habille-toi et cache-toi, car ils aiment bien les jeunes filles et les enlèvent. »

Elle sort de l'eau effrayée, enfile un pagne de feuille de coco tressé, prend ses affaires et file derrière le village, dans la forêt, observer l'arrivée des étrangers.

Le bateau est à l'ancre dans la baie, une chaloupe est mise à l'eau et des hommes drôlement habillés, montent dessus et la font avancer avec de longues pagaies qu'ils plongent dans la mer en cadence. L'un d'entre eux est debout à l'avant, il porte un chapeau à plumes, ça doit être le chef, car il a aussi un grand bâton noir.

Ils accostent, le père va à leur rencontre, l'ancêtre sert de traducteur dans un langage inconnu. Les arrivants se groupent autour d'eux, font de grands gestes en montrant la forêt et la montagne.

Elle comprend qu'ils veulent quelque chose : de l'eau, de la nourriture ?

Oui, mais ce n'est pas tout, ils veulent aussi des hommes pour aller dans les terres, des femmes pour assouvir leurs envies. La discussion à l'air de mal tourner, ils se fâchent, ils attrapent un villageois et le frappent, il tombe à terre tandis qu'ils maintiennent son père et son aïeul.

Ils ont visité toutes les cases du village, les hommes sont à genoux sous la garde des bâtons de feu, les femmes regroupées et maintenues entravées. Le soir tombe, d'autres hommes sont venus du bateau, ils allument un grand bûcher et font rôtir des cabris sauvages. Ils se regroupent autour, mangent, boivent de l'eau qui brûle, chantent, puis attrapent les femmes, les emmènent dans la végétation et les prennent violemment.

Oyo Ya est cachée à l'orée de la forêt, elle a peur de tout ce qu'elle voit, il lui faut s'enfuir, avertir le village proche, les prévenir du danger.

Elle part pour une longue marche à l'abri du couvert, puis sur la plage sous la lueur de la lune. Elle arrive épuisée, réveille tout le monde, explique.

Les femmes et les enfants sont envoyés dans les refuges de la forêt, les hommes sortent les lances, les casse-têtes, les arcs. Ils se couvrent de pigments rouge et jaune, se font des masques effrayants, chantent et dansent pour se donner du courage, mettent des plumes chatoyantes comme coiffure.

Les cris de guerre sont lancés, les tambours alertent les villages voisins. Partout, les feux s'allument, les hurlements fusent. Les provisions, les jeunes et leur mère partent dans les terres. Les guerriers deviennent menaçants.

Ils se regroupent nombreux et se dirigent vers les assaillants en progressant dans la végétation. Oyo Ya les suit, en cachette.

Ils entourent le village investi et attendent. Au petit jour, les matelots ont fini leurs libations et de leurs exactions, ils forment une colonne qui va vers l'étang en portant des tonneaux.

Dès qu'ils sont hors de vue de la plage, ils sont transpercés de flèches et achevés. Les Caraïbes se saisissent des lames coupantes et des bâtons noirs et vont vers le rivage. Ils entourent la grande place sans faire de bruit et attendent la nuit. Les uns après les autres, les gardes sont fracassés, les chaloupes sont incendiées.

L'homme au chapeau emplumé est capturé alors qu'il dormait dans une case avec une de leurs jeunes filles.

Au matin, il est déshabillé, enduit de couleur et de plumes et renvoyé sur un frêle radeau vers son bateau, comme un avertissement sans frais. Sur la plage les guerriers lancent des cris de victoire, dansent, se partagent les armes récupérées, son père arbore le chapeau à plume.

Le voilier hisse sa toile et repart en tirant une salve de boulets de canon vers le rivage, comme une réponse, qui effraye et disperse tout le monde, sans dégât.

Ils reviendront, c'est certain, pour le moment c'est l'accalmie. Elle est rassurée, elle peut retourner à la pêche et retrouver son ami Asko pour visiter les fonds rocheux, s'asseoir dans les éponges géantes, poursuivre les poissons-anges, caresser le ventre du mérou qu'elle aime bien.

Demain matin tôt, ils prendront la pirogue et iront voir au large les espadons qui, dans le soleil levant sur une mer d'huile, filent sur leur nageoire caudale à la poursuite des bonites jaunes.

La suite, vous la connaissez : je suis habité aujourd'hui, par les descendants des colons blancs et par ceux des esclaves noirs qu'ils ont importés d'Afrique pour cultiver mes terres.

Ils avaient exterminé ma première population, pas assez docile. Ils voulaient produire de la canne à sucre et du rhum, du cacao et des bananes, qui nécessitaient de nombreux êtres humains laborieux. Ils les ont achetés, les ont transportées, en ont fait des esclaves. Ils ont fini par leur rendre leur liberté.

Tous ont grandi là et ont formé une population bigarrée et cosmopolite. Maintenant, ils font partie d'une grande nation, pays de l'égalité, de la liberté et de la fraternité.

Il faut reconnaître l'énorme bond en avant technologique des vingt dernières années du 20e siècle. C'est ce que l'icône qui a enchanté notre enfance va nous faire découvrir.

Tintin

Hélas, mon créateur s'est éteint en 1983, c'est dommage. Après les 24 albums qu'il avait fait paraître, il aurait pu me faire vivre les révolutions technologiques incroyables qui ont eu lieu jusqu'à la fin du siècle.

J'avais déjà découvert le sous-marin requin, inspiré par le professeur Picard dans « Le sceptre d'Ottokar ».

Après il y eut le voyage vers notre satellite dans « On a marché sur la lune » avec cette magnifique fusée rouge et blanche. Puis il y eut l'émetteur de fracassement dans « L'affaire Tournesol ». Ce n'était pas rien, mais ce qui est venu après, aurait pu dépasser tout ce qui avait déjà été.

Il est vrai que Hergé avait donné un véritable essor à la bande dessinée en créant un art en lui-même. Ce qui le caractérisait était la concision de son dessin, sa capacité à produire plusieurs actions dans une seule image, son imagination et la documentation qu'il était capable d'interpréter avec de vrais détails.

S'il avait créé de nouvelles aventures à la fin du 20e siècle, qu'aurait-il dessiné ? Quels en auraient été les sujets et mes destinations ?

L'informatique : le premier micro-ordinateur Apple avec son imprimante et son écran graphique puis le micro-ordinateur portable.

La transmission : l'avènement du minitel et l'utilisation des lignes téléphoniques, puis la révolution internet.

L'énergie : l'évolution des réacteurs atomiques et les énergies nouvelles écologiques.

Il aurait pu m'envoyer à Tchernobyl pour enquêter sur la catastrophe de la centrale nucléaire.

Les photos et les vidéos : prises avec mon nouveau téléphone portable m'aurait mis en communication instantanée avec le capitaine Haddock, avec les Dupont (d) et avec le professeur Tournesol. Ils m'auraient répondu par Wifi sur le Net depuis Moulinsart.

La télévision : pour visualiser sur un grand écran plat à diode luminescente mes photos et mes films.

La localisation : Milou aurait eu un collier avec une puce détectrice pour le localiser instantanément.

La connaissance de la matière : construction du méga projet du CERN et découverte des nouvelles particules.

L'étude de l'espace lointain : sur les hauts plateaux d'Atacama les grands télescopes sondant les frontières de l'univers, découvraient les trous noirs, l'énergie sombre, la matière noire et détectaient aussi les premières planètes extrasolaires.

Hubble en orbite m'aurait montré la carte des premières images de la matière après le Big Bang.

Espace proche : j'aurais pu rejoindre la station internationale ISS avec la collaboration de nombreux pays.

Les transports : Un train m'aurait emmené de Paris à Lyon en deux heures roulant à 320 kilomètres à l'heure. Un billet sur une compagnie aérienne Low-cost m'aurait coûté moins cher que le train en reliant Orly à Marseille en une heure.

La conduite automobile : beaucoup moins rapide qu'avant sur des autoroutes qui traversaient les pays. Les automobiles seraient beaucoup plus sûres, bourrées de capteurs électroniques, munies de ceinture de sécurité, d'Airbag et de détecteurs.

L'accès à la diversité des informations : regarder 200 chaînes de télévision dans toutes les langues transmises par satellite depuis l'espace proche. Assister à un concert à New York, à un match de rugby en Nouvelle-Zélande, plonger dans les profondeurs de l'océan grâce au scaphandre autonome de Cousteau sans quitter mon fauteuil aurait été possible.

Stockage des données : toutes les informations, la musique, les films pourraient être stockés sur des disques CD à lecture laser de grande capacité.

Ce qui s'était passé :

Les mémoires des ordinateurs avaient multiplié leurs performances, suivant la loi de Moore, par un million en 20 ans et avaient grimpé du méga au gigabit de stockage en moins de cinq ans.

La robotique : tout n'était pas mécanisé, mais le monde, à la fin du 20e siècle, commençait à se couvrir de robots spécialisés dans les usines, dans le marketing, dans les appels téléphoniques, dans les livraisons et les premiers drones livreurs arrivaient.

La médecine : dans les hôpitaux où les technologies de détection avaient eu une formidable avancée. On opérait en microchirurgie, les yeux, le cœur, le cerveau, on accouchait sans douleur sous péridurale, on ne pratiquait plus de grandes incisions, mais des petits trous sous cœlioscopie. On scannait le corps entier pour découvrir les tumeurs et les dérangements osseux ou articulaires.

La pénicilline, qui avait été une avancée majeure, était maintenant utilisée partout et les anticorps étaient stimulés par de nombreux vaccins comme celui contre la grippe.

Les antiviraux avaient été développés contre des maladies inconnues qui avaient fait leur apparition.

L'ADN avait été découvert et le génome séquencé avec ses trois milliards d'acides aminés. Ainsi on avait ouvert la porte à la détection de défauts génétiques, à leur réparation, ainsi qu'à la filière de nos origines.

« Je ne crois pas, dit Tintin au professeur Tournesol, que notre créateur aurait pu réaliser assez d'albums pour tout décrire, il aurait tout condensé en un ou deux. Regardez professeur, ils ont utilisé notre système, les fusées d'Elon Musk vont retourner sur terre sur des plateformes comme la nôtre. Quant à votre rayon destructeur, mon cher Tryphon, leur laser actuel n'a pas encore atteint sa puissance, il a toujours eu une avance sur son temps.

Et maintenant que faisons-nous professeur ? Nous sommes éternels, nous sommes des légendes, qui va nous faire vivre maintenant ? »

« Je dirais même, qui va nous faire vivre ? » lui répond Tournesol.

« Je crois que j'ai une idée, rajoute-t-il, attendons encore un peu, ils sont en train de mettre au point l'intelligence artificielle. Il suffira d'entrer la totalité des albums de notre créateur dans un ordinateur et les algorithmes vont recréer ses capacités. Alors, on pourra lui faire faire de nouveaux albums sur des sujets brûlants et technologiques ». Qu'en pensez-vous Tintin ?

« Hum, hum », et toi Milou ? « Ouaf, ouaf ! » et vous Haddock ?

« C'est du tonnerre de Brest » !

Bibliographie

- Guerre 14-18 archives du ministère de la défense.

- « Quand la chine s'éveillera » d'Alain Peyrefitte 1973 éditions Fayard.

- « Mai 68 » préface de Daniel Cohn-Bendit, éditions Denoël.

Table des matières

Imprimé en France
Achevé d'imprimer en juillet 2022
Dépôt légal : juin 2022

Pour

Le Lys Bleu Éditions
40, rue du Louvre
75001 Paris